WERWOLF-RÄCHERIN

SARA FLORES, DIE FRÜHEN JAHRE
BUCH 2

SUE DENVER

LOB FÜR „VERRAT IN OKLAHOMA"

„Diese Geschichte ist fesselnd, das Tempo ist herrlich schnell und Saras Persönlichkeit ist perfekt. Sie ist temperamentvoll, witzig, stur, loyal und durch und durch sympathisch.

„Und nachdem ich diese wunderbare Novelle über ihre Abenteuer gelesen habe, will ich mehr!"

– THE INTERNATIONAL REVIEW OF BOOKS

„Ich habe es geliebt! Eine starke weibliche Hauptfigur, eine interessante Interpretation von Werwölfen und ein zufriedenstellendes Ende.

„Das war eine erfrischend originelle Interpretation des Werwolf-Mythos. Sue Denver hat mit Sara eine faszinierende Figur geschaffen. Sie erinnert mich an Jane Yellowrock aus der Reihe von Faith Hunter, und das auf die beste Art und Weise: stark, unnahbar, selbstbeherrscht (bis sie es nicht mehr ist), geheimnisvoll und eine Einzelgängerin. Die Verwandlung wird als praktische Realität und nicht als Magie und irgendein Zauberglitzer behandelt. Das finde ich super.

„Obwohl das Thema der Geschichte düster ist, sorgen Saras Interaktionen mit ihrem hündischen Begleiter Skidi für heitere

Momente, die einen Einblick in ihre gemeinsame Vergangenheit und die Stärke ihrer Bindung geben.

„*Betrayal in Oklahoma* sollte jedem gefallen, der es mag, wenn Bösewichte ihrer gerechten Strafe zugeführt werden, der Gestaltwandler liebt, starke weibliche Charaktere mag, die nicht von gut aussehenden Männern besessen sind, und Werwölfe bevorzugt, die nicht den üblichen paranormalen Liebesroman-Klischees entsprechen.“

– MJ SILVERSMITH, *REEDSY DISCOVERY*

LOB FÜR „AMATEUR-ATTENTÄTER"

„*Amateur Assassin* von Sue Denver ist eine herrlich raue Novelle mit einer Wendung, die mich buchstäblich mit offenem Mund auf den Bildschirm starren ließ. Ich habe sie GELIEBT! Aber es ist nicht nur die Wendung. Sara, die Protagonistin, ist eine so unterhaltsame und fesselnde Heldin, der man gerne folgt. Ihr schneller Witz und ihre Intelligenz verleihen einer Figur, die vor nichts zurückschreckt, die perfekte Note."

„Egal, welche Novellen Sue Denver schreibt, sie sind unterhaltsam, rasant und fesselnd, und *Amateur Assassin* macht eine Menge Spaß!"

– *International Review of Books*

„Dies ist eine schnell zu lesende Novelle mit starker Prosa und einer Handlung, die zügig voranschreitet. Die Hauptfigur, Sara Flores, ist, nun ja, ein Werwolf. Mir gefällt die Tatsache, dass diese wichtige Information über Sara direkt am Anfang der Geschichte klargestellt wird. Man muss nicht darüber rätseln, ob dies tatsächlich ein möglicher Zustand oder eine glaubwürdige Situation ist. Stattdessen ist es einfach das, was Sara ist und was sie tut.

„Und weil Sara ein Werwolf ist, sind ihre Sinne feiner ausgeprägt als die eines durchschnittlichen Menschen, was ein wesentlicher Aspekt der Geschichte ist. Ihre geschärften Geruchsfähigkeiten veranlassen sie, einer Frau (die sie ‚Mystery Woman' tauft) zu folgen, was Sara wiederum zu einem grausamen Mordtatort führt. Mystery Woman, die schwer verwundet ist, vertraut Sara die Zukunft der Welt an. Sie hat Sara vor ein fast unmögliches ethisches Dilemma gestellt – sollte jemand in der Gegenwart für seine zukünftigen Verfehlungen sterben? Ein weltbewegendes Dilemma dieser Art.

„Wenn Sie zu den Lesern gehören, die wie ich bereit sind, das Ungewöhnliche und Skurrile in einem Buch zu akzeptieren, wird dies eine vergnügliche Lektüre für Sie sein. Wenn Sie eine Geschichte mögen, die in flottem Tempo voranschreitet, werden Sie dieses Buch genießen. Und wenn Sie starke, entschlossene Charaktere mögen, dann werden Sie *Amateur Assassin* genießen. Lesen Sie es! Es macht Spaß!"

TESS QUINN, *REEDSY DISCOVERY*

PRESSESTIMMEN ZU „DER GESTANK DER ANGST"

„Obwohl ich anfangs dachte: ‚Ein Werwolf? Im Ernst?', hat mich die Geschichte schnell in ihren Bann gezogen und ich habe sie sehr genossen. Diese Novelle ist ein wilder Ritt voller Konfrontationen, gefährlicher Situationen und verlogener Polizisten. Ich war wie gefesselt. Der Schreibstil ist ausgezeichnet und ich hatte das Gefühl, vollkommen in Saras Haut zu stecken und ihre Wut, ihre Schuldgefühle und ihre Macht mitzuerleben, während sie versucht, herauszufinden, wem sie vertrauen kann und wem nicht. Sehr empfehlenswert!"

-THE INTERNATIONAL REVIEW OF BOOKS

„Zwei können ein Geheimnis bewahren – wenn einer von ihnen tot ist. Gibt es korrupte Polizisten? Was passiert, wenn man der falschen Person vertraut? Ich gebe *The Stench of Fear: A Paranormal Mystery Novella* von Sue Denver 5 von 5 Sternen für die überlebensgroße Hauptfigur der Autorin und für die unglaubliche Erzählweise aus der Perspektive eines Werwolfs. Achtung: Diese Novelle enthält einige explizite Inhalte."

-WYMANETTE CASTANEDA, REEDSY DISCOVERY

Werwolf-Rächerin

Enthält 3 Novellen:

- *Verrat in Oklahoma*
- *Der Amateur-Assassine*
- *Der Gestank der Angst*

Erschienen bei JGF Press, unter JGFpress.com

Veröffentlicht am 8. November 2022 in englischer Sprache und am 9. September 2025 in deutscher Sprache von JGF Press, Crossville TN USA.

SARA FLORES' WELT

WAS DU WISSEN SOLLTEST

- Saras Welt ist unsere alltägliche, normale Welt.
  - Niemand glaubt an Werwölfe, Vampire oder irgendetwas Übernatürliches.
  - Sara wurde von ihrem ehemaligen Nachbarn Joe White Wolf in einen Werwolf verwandelt – kurz bevor er starb.
  - Sara glaubt, sie sei der einzige Werwolf auf der Welt – aber sie hofft, dass sie sich irrt.
  - Die Ältesten der Lupiti erinnern sich daran, wie ihre Großväter davon sprachen, gesehen zu haben, wie sich der alte Joe White Wolf bei Stammeszeremonien im späten 19. Jahrhundert in einen Wolf verwandelte.
  - Dies verrät Sara, dass sie ein sehr, sehr langes Leben haben könnte, wenn ihr neuer Lebensstil sie nicht umbringt.

EINLEITUNG

Es ist jetzt zwei Jahre her, seit Sara Flores sich in meinem Kopf festgesetzt und einen so großen Teil meines Lebens in Beschlag genommen hat.

Ich habe es schon immer geliebt, Belletristik zu schreiben. Und ich habe Wölfe schon immer geliebt – aber Mom und Dad haben eine „vernünftige" Frau aus mir gemacht. So bin ich stattdessen in die Geschäftswelt gegangen. Jahrzehntelang.

...Bis zu dem Tag, an dem ich Sara „kennenlernte" und sie kein Nein gelten ließ. (So aufdringlich ist sie nun mal!)

„Wenn nicht jetzt – wann dann?", fragte sie mich. Eine sehr gute Frage.

Könnte ich wirklich meine Tage damit verbringen, mir mein Leben als echter Wolf vorzustellen? Könnte ich meinen Lebensunterhalt damit verdienen, Menschen zu retten und böse Jungs zu verprügeln? Und das alles von der Sicherheit meines Zuhauses aus?

Ich beschloss, das Risiko einzugehen.

Meine frühen Geschichten über Sara bekamen gute Kritiken, aber so gut wie keine Verkäufe. Ernsthaft. Wir reden hier von einem Verkauf alle zwei bis drei Wochen!

Währenddessen wurde Sara in meinem Kopf immer stärker. Bald

schrieb ich nicht mehr nur Kurzgeschichten, sondern Novellen über sie. Jetzt verlangt sie ganze Romane für ihre Abenteuer. Und ein Team von Charakteren um sich herum.

Ich habe ihre ersten acht Abenteuer (sieben Kurzgeschichten und eine Novelle) in einer Sammlung auf Englisch namens *Newbie Werewolf* zusammengefasst. Und ich habe die (für mich) riesige Summe von 315 Dollar für Werbung ausgegeben.

Durch die Werbung wurden über vier Tage 226 Bücher verkauft, danach kamen die Verkäufe eine Woche lang komplett zum Erliegen. Dann passierte etwas Seltsames. Ohne weitere Werbung verkaufte ich plötzlich ein Buch pro Tag. Dann zwei Bücher pro Tag, dann drei. Und es werden immer mehr.

Ich war total baff!

Zugegeben, ich bin keine Konkurrenz für Dean Koontz, Nora Roberts, Patricia Briggs oder Lee Child. Die können sich entspannt zurücklehnen.

Aber... es hat mir die Welt bedeutet, dass andere über Sara lesen wollten. Dass sie ihren Freunden von ihr erzählt haben. Und deren Freunde wiederum ihren Freunden.

Diese Sammlung von drei Novellen sind Saras Abenteuer aus dem zweiten Jahr. Sie lernt, wächst und legt sich mit immer übleren Bösewichten an.

Was die Zukunft bringt? Sara beschloss in *The Stench of Fear*, das hier enthalten ist, ihre Privatdetektivlizenz zu machen. Das hat mich dazu veranlasst, eine neue Serie mit ihr zu beginnen, mit dem Titel SARA FLORES, WEREWOLF PRIVATE INVESTIGATOR.

Abschließend möchte ich euch dafür danken, dass ihr meine (und Saras) Träume wahr werden lasst. Jeden Morgen darf ich die Füße auf den Schreibtisch legen, den Laptop auf den Schoß, und mich in Fantasiewelten flüchten. Wo Männer noch Männer sind und Frauen – Werwölfe?

Vielen Dank!
Sue Denver

VERRAT IN OKLAHOMA

EINE PARANORMALE
ABENTEUERNOVELLE MIT WOLFLADY

SUE DENVER

Verrat in Oklahoma

1

VON SUE DENVER

Karl Nilsson suchte überall nach dem vermissten Jungen. Er machte sich langsam große Sorgen. Er fuhr sich mit den Fingern durch sein graues Haar, zupfte an seinem Schnurrbart und strich sich über seinen Spitzbart – alles nervöse Angewohnheiten, die er sich abgewöhnen wollte. Was, wie er wusste, ausgerechnet heute niemals geschehen würde.

Leider gab es auf der Ranch seiner Schwester hier in Smithville, Oklahoma, viele Orte, an denen sich ein Dreijähriger verstecken konnte. Die nächsten Nachbarn waren auf beiden Seiten eine Meile entfernt, aber das Anwesen war größtenteils von Wald umgeben. Karl hatte bereits in Lucas' unordentlichem Zimmer, im Pferdestall und in ihren drei Schuppen nachgesehen. Ihm gingen die wahrscheinlichen Verstecke aus. Besorgt, dass Lucas sich irgendwo im Wald versteckt haben könnte, ging Karl hinter die Scheune – und da war er. Lucas spielte. Er spielte mit dem Schoßhündchen der Familie, Princess, im Schlamm.

Das weißblonde Haar des Jungen war von Schlamm durchzogen und seine Jeans damit verkrustet. Sein T-Shirt sah aus, als hätte er einen Bauchklatscher in den Matsch gemacht.

Karl begann zu lächeln. Dann hielt er inne. Er sah sich um. Sie waren außer Sichtweite des Hauses – ein riesiger Glücksfall. Der

Wald begann etwa 70 Fuß entfernt und es waren wahrscheinlich weitere 100 bis 120 Fuß bis zum Fluss. Wo die Männer warten würden.

Karl hatte bis Mittag Zeit, aber das war seine beste Chance.

„Lucas", sagte Karl. Der Junge hielt schnell inne. Er schaute auf und versuchte, unschuldig auszusehen. Bei einem Dreijährigen war das Ergebnis lachhaft schuldbewusst.

„Onkel Karl", sagte der Junge. „Princess ist in den Matsch gefallen. Ich helfe ihr."

Karl sah Princess an. Der weiße Mischlings-Flauscheball war noch schlammiger als der Junge – er konnte keinen Fleck sehen, der noch weiß war. Aber ... Karls Nase zuckte. Nach dem stechenden Geruch zu urteilen, der vom Hund ausging, war Schlamm nicht das Einzige, worin sie sich gewälzt hatte. Karl zwang sich zu einem breiten Lächeln.

„Das ist sehr nett von dir", sagte er und nickte. „Rate mal, was ich gefunden habe?"

„Was denn?"

„Ein Nest mit Babykaninchen."

„Wo?"

„Genau da drüben", sagte Karl und zeigte in Richtung Wald. „Direkt bei dem Baum da."

„Darf ich gucken?"

„Klar. Lass uns nachsehen gehen."

Lucas rannte in Richtung Wald los, blieb dann aber stehen.

„Ich darf da nicht hin", sagte er und blickte zu Boden.

„Schon gut. Ich komme mit dir." Karl trat neben den Jungen.

Lucas streckte die Hand aus und nahm die von Karl. „Los geht's!"

Karl schluckte. Das Gefühl der winzigen, vertrauensvollen Hand des Jungen in seiner ... Er wurde abgelenkt, als Princess sich schüttelte und Schlamm und wer-weiß-was-noch über sie beide spritzte.

„Böser Hund, Princess", sagte Lucas. Aber er kicherte. „Onkel Karl – du bist matschig geworden!"

„Was?", fragte Karl. *Würde der Hund zum Problem werden?*

„Du bist matschig!", sagte Lucas.

Karl unterdrückte seine Ungeduld und musterte sich übertrieben. „Du hast recht. Beeilen wir uns, bevor deine Mama uns sieht und uns beiden den Hintern versohlt!" Karl zog ihn in Richtung der Bäume, so schnell die kleinen Beine des Jungen ihn tragen konnten. Der Boden war festgetreten, sodass ihre Füße nicht einsanken. Aber er war von Hufen zerfurcht. Ab und zu musste er den Arm des Jungen anheben, um zu verhindern, dass er stolperte.

Lucas lachte, während er rannte.

„Uns *beiden* den Hintern versohlen!", sagte er. „Mama wird *dir* auch den Hintern versohlen!"

Sie erreichten den Waldrand.

„Wo sind die Kaninchen?", fragte Lucas.

„Nur noch ein kleines Stückchen."

Lucas blieb stehen. Er blickte zurück zum Pferdestall und sah plötzlich besorgt aus. Karl sah das Unheil schon kommen.

„Sie sind gleich da drüben", sagte er und zeigte in den Wald. „Willst du Huckepack reiten, um sie zu sehen?"

„Ja!"

Karl befahl der Hündin, zu bleiben. Princess winselte, legte sich aber gehorsam auf den Boden.

Karl ergriff die Handgelenke des Jungen, schwang ihn auf seinen Rücken und schlang die Arme des Kleinen um seinen Hals. Er umfasste die Beine des Jungen sicher und setzte sich wieder in Bewegung.

Karl war überrascht – er bewegte sich ungewöhnlich ungeschickt durch den Wald. Ständig stieß er gegen einen Baum nach dem anderen. Er musste vorsichtiger sein, sonst würde der Junge aufschreien. Er bemerkte, dass seine Sicht verschwommen war. Er blinzelte und spürte erschrocken, wie ihm Tränen über die Wangen liefen.

Karl erreichte den Waldrand und sah sich um. Ein ehemals gelbes Zweierkanu war etwa sechs Meter flussabwärts ans Ufer gezogen worden. Zwei Männer standen mit ausgeworfenen Angeln daneben. Nur zum Schein. Sie sahen aus wie ein paar heruntergekommene Landeier mit einem gebrauchten Kanu – aber Karl wusste es besser. Das Boot mochte schäbig aussehen, aber er wettete, dass es unter der verblichenen Farbe in perfektem Zustand war.

Grady war da und sah in jeder Hinsicht wie ein Otto-Normalverbraucher aus, einschließlich des sandfarbenen Haares, das sich langsam lichtete. Er war so unauffällig gekleidet, wie er nur konnte, ohne tatsächlich billige Kleidung zu tragen. Grady schien der Typ Mann zu sein, den man nie bemerken würde – es sei denn, man legte sich mit ihm an. Dann würde man ihn verdammt noch mal bemerken.

Gradys Mann war auch da – ein sehniger, zappeliger Zwerg namens Ryder. Karl hatte es anfangs komisch gefunden, dass der „Muskelprotz" des Teams im Vergleich zu Grady so klein und leicht war. Aber ein Blick in Ryders Augen erklärte es Karl. In diesen Augen war niemand zu Hause. Zumindest niemand, dem man jemals begegnen wollte.

Grady hatte ihm letzte Nacht bis ins letzte Detail erklärt, was mit ihm passieren würde, wenn er das nicht täte. Karl schauderte bei der Erinnerung. Er hatte auf der Stelle beschlossen, dass er keine andere Wahl hatte. Es sei denn, er war bereit, sich eine Kugel zu verpassen. Und das war er nicht.

Aber jetzt ... der Junge ... Seine Schwester wäre am Boden zerstört. Karl verhärtete sich. Sie konnte doch ein anderes Kind haben, oder? Aber er konnte kein anderes Leben bekommen.

Außerdem würde der Kleine ein gutes neues Zuhause haben. Bei einer Familie, die reich genug war, um alles zu kaufen, was sie – oder der Kleine – wollte.

„Hier sind die Häschen", sagte er zu Lucas, laut genug, dass man es hören konnte, als er zum Kanu rannte.

Die Männer drehten sich zu ihm um. Sie trennten sich und beide bewegten sich auf ihn zu.

Karl warf Lucas zu Boden und zeigte auf das Boot. Grady hatte in seine Tasche gegriffen und eine Spritze herausgezogen. Er packte den Jungen und rammte sie ihm in den Arm.

Lucas fuchtelte mit den Händen und versuchte, wegzukommen. „Nein! Nein!", schrie er.

Grady hob ihn hoch und setzte den zappelnden, sich windenden Jungen ins Boot.

Grady sah sich um. „Okay", sagte er, griff in seine Jacke, zog zwei Papiere heraus und reichte sie Karl. „Die wolltest du", sagte er. „Vielleicht passt du in Zukunft besser auf sie auf!"

Karl griff nach den Papieren, seine Hand zitterte. Er schob sie zum Schutz unter sein Hemd, streichelte sie, tätschelte sie, eng an seinem Herzen. Er blickte auf und sah Lucas im Boot sitzen. Der Junge schrie nicht mehr. Er sah sich verwirrt – und benommen – um. Sein Kopf drehte sich wie in Zeitlupe von einer Seite zur anderen.

Grady schob das Kanu ein Stück weit hinaus und stieg zu dem Jungen hinein. „Denk dran", sagte er zu Karl, „wir brauchen mindestens eine halbe Stunde. Besser wären fünfundvierzig Minuten."

Karl stand nur da und achtete nicht auf die Worte. Er schaute Lucas an.

Plötzlich bemerkte er, dass Grady mit der Hand winkte und seinen Namen rief.

Karl schüttelte sich. „Was?"

„Wir brauchen mindestens eine halbe Stunde. Bring die Sache zu Ende."

Karl nickte.

Ryder stieß das Boot kräftig ab und sprang dann ebenfalls hinein. Karl stand da und sah ihnen nach, wie sie davonpaddelten. Lucas Augen blieben auf Karl gerichtet. Karl schaute zu ihm, bis das Boot eine Biegung machte und der Rücken von Grady den Blick auf den Jungen verdeckte.

Karl wusste, dass er diese Augen für immer in seinen Albträumen sehen würde.

2

S ara Flores fühlte sich so glücklich wie schon lange nicht
mehr – bis sie den Schrei hörte. Sie paddelte in einem
Zweierkajak einen gemächlichen Abschnitt des Illinois River
hinunter. Die Eichen an den Ufern hatten lange Kätzchen, von denen
gelber Pollen ins Wasser tropfte. Sie verliehen der ohnehin schon
prächtigen Aussicht eine malerische Note.

Der Fluss schlängelte sich nach links und dann nach rechts,
sodass sie nie weit vorausschauen konnte. Jede Biegung brachte
etwas Neues. In einem Augenblick sah sie flache, saftige Felder mit
Monokulturen. Aussichten, die sich kilometerweit erstreckten. Hinter
der nächsten Biegung reichten Wälder direkt bis an den Fluss. Keine
Sicht dahinter.

Der Wasserstand war hoch. Das musste sie immer überprüfen,
bevor sie losfuhr – sonst wäre sie auf dem ganzen Fluss immer
wieder auf Sandbänke aufgelaufen.

Sie hob ihr Gesicht in die herrlich warme Sonne. In einem Monat
würden sich diese Strahlen, die ihr Gesicht küssten, in einen
Feuerball aus Oklahoma verwandeln. Aber im Moment war es
einfach perfekt.

Die Gerüche? Tja ... irgendein Bauer in der Nähe benutzte
Kuhmist, um seine frisch angepflanzten Felder zu düngen. Das war

nicht angenehm. Aber es waren die normalen Gerüche der Natur in Oklahoma, also war es irgendwie ... beruhigend. Irgendwie Heimat.

Erstaunlicherweise hatte sich noch keine einzige Mücke blicken lassen. Noch nicht. Sara zog sie in Scharen an. Sie hatte die Blutgruppe 0 und schwitzte leicht – alles äußerst verlockend für Mücken. Sie trug Weiß, weil die kleinen Blutsauger anscheinend visuell nach Zielen suchten und dunkle Farben leichter erkennen konnten.

Saras graufellige Wolfshündin Skidi saß auf dem Vordersitz des Kajaks. Ihre Kopilotin. Nur dass Skidi sich nicht gerade am Rudern beteiligte.

„Du ruhst dich da vorne aber schön aus", sagte sie zu Skidi. Es kam keine Antwort. Tatsächlich drehte Skidi demonstrativ den Kopf von Sara weg. Ignorierte sie.

Ein Zweierkajak erforderte viel Kraft für eine einzelne Paddlerin, aber beide wussten, dass Sara das mit links schaffte. Übermenschliche Kräfte sind da ganz nützlich.

Skidi beschäftigte sich damit, mit ihren scharfen gelben Augen nach Kaninchen und anderer Beute Ausschau zu halten. Sie alarmierte Sara sofort, wenn – oh, Schreck – irgendein Hund es wagte, in ihr Blickfeld zu geraten. Schlimmer noch, wenn der Hund es wagte, sie anzubellen.

In letzter Zeit steckte Skidi gerne ihren Kopf über die Seite und tauchte ihn ins Wasser. Sara fragte sich, ob sie nach Fischen suchte. Es gab genug davon im Fluss, um Angler anzulocken.

Oder vielleicht tauchte Skidi ihren Kopf nur ein, damit sie ihn wieder hochnehmen und sich schütteln konnte – um Sara mit Flusswasser vollzuspritzen. Sie hatte jedes Mal einen komischen Blick drauf, wenn sie das tat. Sie schaute Sara aus dem Augenwinkel an, dann schnaubte sie. Als ob sie Sara einen Streich spielte. Und dann lachte.

Sara grinste.

Sie wandte sich wieder dem Wasser zu und sah, dass es anfing, etwas schneller zu fließen. Eine der sehr leichten Stromschnellen vom Typ zwei kam näher.

Dann hörte sie den Schrei. Hoch – als käme er aus einer kleineren Lunge. Ein Kind?

Sie begann, mit der ganzen Kraft, die ihre übermenschlichen Fähigkeiten hergaben, flussabwärts zu paddeln, und wog ihre Optionen ab. Sie hatte keine Waffe bei sich. Das war beim Kajakfahren nicht sehr praktisch. Eine Waffe müsste in einem Trockensack sein, um sie vor Nässe zu schützen. Die ganze Minute, die es dauern würde, den Sack zu öffnen, machte die ganze Mühe kaum lohnenswert.

Ihre verfügbaren Waffen waren ihr Spyderco-Messer, Skidi und sie selbst. Und die Überraschung – das war ihre stärkste Waffe. Kein Mann sah eine unbewaffnete Frau als Bedrohung an.

Sara paddelte kräftig, während sie über den Schrei nachdachte. Vielleicht war es nur zum Spaß gewesen? In den Stromschnellen? Sie hoffte, dass das stimmte. Aber ... es hatte sich nicht so angehört.

Das Wasser bewegte sich noch schneller, als sie um eine Biegung fuhr. Zu ihrer Linken, direkt vor den Stromschnellen, sah sie eine kleine Bootsrampe aus Beton, die auf beiden Seiten von Wald umgeben war. Der Beton verlief unter einer Eisenbahnbrücke hindurch und verschwand um eine Ecke. Vermutlich waren dahinter eine Straße und ein Parkplatz verborgen.

Ein verblichenes gelbes Kanu war ans Ufer gezogen worden. Zwei Männer entfernten sich davon – sie gingen zurück unter die Brücke. Der größere von beiden hielt einen kleinen Jungen.

Sara konnte die Hand des Mannes über dem Gesicht des Kindes sehen.

„Hey", schrie sie, während sie schneller auf sie zu paddelte. „Halt!"

Beide zuckten zusammen, als wollten sie weglaufen, drehten aber ihre Köpfe zu ihr um. Als sie sie sahen, blieben beide stehen. Sie sah, wie sie auf ihre Hände blickten – die kräftig paddelten. Keine Waffe darin. Sie sahen sich an.

Sara sah, wie sie eine Entscheidung trafen. Der kleinere, drahtige Mann machte zwei Schritte auf sie zu. Er hatte dunkles Haar, dunkle Augen und seine Nerven lagen blank. Als stünde er unter Strom.

„Der Junge bockt nur rum", sagte er. Er hatte eine komische, heisere Stimme. „Es ist Zeit, nach Hause zu gehen, und er will bleiben."

Sara nutzte den Schwung, um mit ihrem Kajak auf die Betonrampe zu fahren, sodass es fast vollständig aus dem Wasser war. Sie setzte ein Lächeln auf und stieg aus. Sie ließ den Mann nicht aus den Augen, selbst als sie das Kajak den Rest des Weges aus dem Wasser zog. Skidi wusste, dass sie im Boot bleiben musste, bis Sara sie rief.

„So sind Kinder eben", stimmte sie zu. „Sie mögen das Wort ‚Nein' nicht."

Sie blickte an dem drahtigen Mann vorbei zu dem größeren, der den Jungen hielt. Er war ein älterer Mann, größer, irgendwie nichtssagender. Der fliehende Haaransatz und die überflüssigen Pfunde standen in starkem Kontrast zu dem kleineren Mann. Der Junge, den er hielt, war vielleicht drei Jahre alt und sehr schlammig. Er zappelte, aber auf eine seltsame Art und Weise. Wie in Zeitlupe.

„Magst du das Wort ‚Nein' nicht?", fragte sie den Kleinen und ging auf ihn und den größeren Mann zu.

Der Kerl, der das Kind hielt, runzelte die Stirn. „Das geht Sie nichts an, meine Dame."

Sara sah aus dem Augenwinkel einen Schemen aus grauem Fell. Sie wirbelte herum und sah, wie Skidi sich auf den ersten Kerl gestürzt hatte – und sich mit den Zähnen in seinem rechten Arm verbiss. Was zum Teufel? Skidi würde niemals ohne ihren Befehl angreifen. Es sei denn ...

Der Aufprall warf den Mann zu Boden und Skidi landete auf ihm, die Zähne immer noch in seinem Arm verhakt. Sara sah, dass die Hand an diesem Arm eine .38er-Automatik hielt. Eine Colt?

Sara nickte vor sich hin – *guter Hund!* – dann überraschte sie der Mann. Er ignorierte den Schmerz in seinem rechten Arm und wechselte die Waffe in die linke Hand.

Sara rannte auf ihn zu, um nach der Waffe zu greifen. Bevor sie sie erreichen konnte, schlug er Skidi damit einen Rückhandschlag. Hart. Mitten auf den Kopf.

Sara packte mit einer Hand seinen Arm und mit der anderen die

Waffe. Aber sie hatte nur Augen für Skidi, die jetzt schlaff auf dem Boden lag. Reglos.

Eine blendende Wut überkam Sara. Sie warf sich auf den Mann und begann – mit ihrer übermenschlichen Kraft – die Waffe in Richtung seiner Brust zu drücken. Er war stark für seine Größe, sehr stark. Aber sie war stärker. Sie sah den Schock in seinen Augen, als der Lauf der Colt seinem Herzen immer näher kam.

Sie atmete schwer, drehte die Waffe und starrte ihm in die Augen. *Aber*, dachte sie, *vielleicht sollte ich die Waffe einfach vergessen.* Was Sara wirklich tun wollte – was sie sich in Gedanken ausmalte – war, ihm die Kehle herauszureißen und sein Gesicht zu zerfleischen. Und auf seine Leiche zu pissen.

Sie hatte nur eine Sekunde Zeit, um eine weitere Bewegung aus dem Augenwinkel wahrzunehmen. Nur eine Sekunde, um sich an den zweiten Mann zu erinnern. Nur eine Sekunde, um es zu bereuen, eine vor Wut völlig blinde Idiotin zu sein. Und dann war da nichts mehr.

3

Sara erwachte verwirrt. Ein Traum? Sie war unter Wasser! Das Wasser war kühl und herrlich. Welch hübsche Wirbel! Aber ... ihr Körper zuckte. Er wand sich. Er zappelte. Warum?

Neugierig sah sie, wie eine Luftblase ihren Mund verließ und langsam nach oben stieg.

Luft! Sie bekam keine Luft. Sie *musste* atmen. Warum konnte sie nicht atmen? Sie wehrte sich heftiger. Noch verzweifelter.

Hände! Die Hände eines Mannes. Sie drückten ihre Schultern unter Wasser.

Sie packte die Hände. Sie konnte sie nicht bewegen! Wo war ihre Kraft hin? Sie wand sich. Sie zappelte. Sie zerrte an den Händen. Sie bekam keine Luft!

Dann kam der Schmerz. Starb sie schon? Nein. Es war etwas anderes. Sie war verwirrt. Sie blickte auf ihre Hände. Sie krümmten sich, zerrten an den haarigen Armen des Mannes. Seinen grauhaarigen, kräftigen Armen. Sie versuchte, seinen Griff zu brechen. Sie packte seine Finger, um sie nach hinten zu biegen. Aber der Schmerz!

Zuerst verstand sie nicht, was sie sah. Sie sah, wie Haare ihre Hände bedeckten. Aber nicht sein graues Haar – auf ihren Händen war rötliches Haar. Wuchs auf ihren Händen *wirklich* rötlich graues Haar? Es wuchs direkt vor ihren Augen. Nein, kein Haar. Fell!

Ihre Fingernägel wurden länger. Härter. Sie verwandelten sich in Klauen. Ihre Klauen gruben sich in die haarigen Arme des Mannes – Blut floss. Sie konnte Strähnen über Strähnen von Blut sehen, die im Wasser davontrieben. Hübsche rote Wirbel.

Dann geriet sie wirklich in Panik.

Oh, bitte, lieber Gott, nicht jetzt!, flehte sie. Sie konnte sich doch nicht jetzt in einen Wolf verwandeln. Unter Wasser.

Aber sie tat es.

Ihr Verstand schrie: „*Aber die Verwandlung dauert eine volle Minute! Ich werde ertrinken!*"

Jetzt schlug der Schmerz härter zu. All der schlimmste Schmerz der Verwandlung. Ihr Mund fühlte sich an, als würden ihr alle Zähne auf einmal gezogen – ohne Betäubung. Sie sah, wie ihre Nase und Schnauze sich verlängerten und vor ihren Augen größer und größer wurden. Sie spürte, wie ihre Wirbelsäule knackte, als sie sich von einer Rückwärts- in eine Vorwärtskrümmung bog.

Skidi!, erinnerte sie sich. Da war etwas Wichtiges wegen Skidi. Aber es war verschwommen. So weit weg.

So sterbe ich also, dachte sie.

Dann verlor sie das Bewusstsein.

4

Das Nächste, was Sara bemerkte, war eine andere Art von Schmerz. Ihr linkes Bein wurde durch seichtes Wasser geschleift. Ein Fels krachte gegen ihre Seite. Dann noch einer. Zähne zerrten an ihrem Knöchel.

„Aua!", versuchte sie zu sagen, aber irgendetwas stimmte nicht. Ihre Zunge war zu lang. Ihr Mund funktionierte nicht. Und warum biss ihr jemand in den Knöchel?

Sie roch Skidi.

Mann! Der versucht, sie zu ertränken!

Sie wurde schlagartig wieder hellwach. Aber nur Skidi war zu sehen. Skidi, die sie aus dem Wasser zog.

Sie blickte an sich herab und sah ihren Körper. Sie war in Wolfsgestalt.

Sara merkte, wie sie nach Luft schnappte. Ihre Kehle war rau und ihr Brustkorb schmerzte – beides sehr überraschend. Die Verwandlung nahm ihr normalerweise jeden Schmerz. Warum diesmal nicht?

Skidi ließ ihren Knöchel los und rannte zu den Bäumen am Wasser. Dann kam sie zurück und winselte. Dann kehrte sie zu den Bäumen zurück.

Sara sah sich um und erblickte niemanden. Aber ... *Gute Idee,* dachte sie. *Lass uns aus dem Offenen verschwinden.* Es war nicht klug, dass zwei Wölfe wehrlos unter freiem Himmel in einem Staat sind, in dem jeder eine Waffe bei sich trug!

Sara rannte mit Skidi zwischen die Bäume, gerade tief genug, um zu verschwinden, falls jemand kommen sollte, aber von wo aus sie den Fluss noch sehen konnten. Sie blickte flussaufwärts und sah die Stromschnellen. Sie mussten die Stromschnellen heruntergekommen sein. Wie hatten sie ...?

Skidi! Sara ging zu ihr und steckte ihre Schnauze in Skidis Fell am Hinterkopf. Die Haut war verletzt und es war Blut daran gewesen, das vom Fluss weggespült worden war.

Sara leckte vorsichtig Skidis Kopfwunde, was die Wut wieder entfachte, die sie zuvor überwältigt hatte. Sie schloss erleichtert die Augen, weil Skidi anscheinend in Ordnung war. Am liebsten hätte sie sich sofort in einen Menschen zurückverwandelt – nur um Skidi in die Arme schließen und sich vergewissern zu können, dass es ihr gut ging.

Aber jetzt war nicht die Zeit dafür. Sie blickte wieder flussaufwärts. Sie zwang sich, sich an alles zu erinnern. Dann setzte sie sich erstaunt auf die Hinterläufe.

Wie zum Teufel bin ich überhaupt noch am Leben?

Sara wusste nicht, wie lange sie die Luft anhalten konnte. Das hatte sie bisher nie wissen müssen. Aber sie wäre schockiert gewesen, wenn es auch nur eine Minute gewesen wäre. Da sie sich zu dem Zeitpunkt gewehrt und gekämpft hatte – vielleicht nicht einmal eine halbe Minute.

Sie wusste, dass der Körper, wenn man ohnmächtig wurde, automatisch nach Luft schnappte. Ohne nachzudenken.

Sie hätte den Mund öffnen und Wasser wäre in ihre Atemwege, ihre Lunge geschossen. Was sie getötet hätte. Denn Skidi wusste ganz sicher nicht, wie man eine Mund-zu-Mund-Beatmung durchführt. Falls das zwischen zwei Hundeschnauzen überhaupt möglich war.

Sie erinnerte sich, wie die Verwandlung begonnen hatte. Sie erinnerte sich, wie ihre Arme zu Pfoten wurden. Ihr Mund und ihre Nase zu einer Schnauze. Sie erinnerte sich, das Blut des Mannes gesehen zu haben, als sie seine Arme zerkratzte. Das waren also was?

Vielleicht zehn bis fünfzehn Sekunden der Verwandlung? Sie erinnerte sich, wie sich ihre Wirbelsäule zu krümmen begann.

Wie also hatte sie es geschafft, während der verbleibenden fünfundvierzig Sekunden der Verwandlung kein Wasser einzuatmen und zu sterben?

Gab es eine Veränderung, die ihre Kehle durchmachte? Ihre Lunge? Bewegten sie sich, wenn sie sich verwandelte? Sie hatte ihnen noch nie zuvor Beachtung geschenkt. Ihr war immer aufgefallen, wie sich ihre Hände und ihre Schnauze veränderten. Ihr war das Knacken ihrer Wirbelsäule aufgefallen, weil es der schlimmste Teil des Schmerzes war.

Auf irgendetwas anderes bei der Verwandlung achtete sie nie wirklich. Warum sollte man sich auch für den Rest interessieren, wenn man fast die ganze Minute damit verbrachte, sich zu wünschen, man könnte sich erschießen, damit der Schmerz aufhört?

Die Frage war also ... atmete sie normalerweise während dieser letzten 45 Sekunden?

Sara dachte an frühere Verwandlungen zurück. Direkt danach schnappte sie immer nach Luft. Dafür gab es keinen Grund, es sei denn, sie atmete während des schlimmsten Teils nicht. Sie hatte immer angenommen, sie hätte wegen des Schmerzes nicht geatmet. Vielleicht *konnte* sie im letzten Teil buchstäblich nicht atmen.

Sara schüttelte den Kopf. *Verrenn dich da bloß nicht,* dachte sie. *Vielleicht später, aber nicht jetzt.* Sie stellte sich auf alle Viere und schüttelte ihren ganzen Körper. Es fühlte sich gut an. Ihr gefiel es, wie das Wasser von ihrem Fell in alle Richtungen spritzte.

Misstrauisch drehte sie sich zu Skidi um. Sie erinnerte sich, wie die kleine sie im Kajak mit Wasser vollgespritzt hatte. Skidi sah aus, als würde sie lachen. Sie roch amüsiert. Und glücklich. Dann schüttelte sich Skidi am ganzen Körper und schleuderte Wasser und Sand auf Sara.

Ja, musste Sara zugeben. *Skidi wusste ganz genau, was sie tat.*

Sara blickte wieder flussaufwärts. Sie würde diese beiden Männer finden. Und den Jungen. Egal, was es kostete.

Sara wusste, dass sie nicht besonders schlau war. Das hatte sie bewiesen, als sie sich von den Männern hatte verprügeln lassen. Aber

Sara besaß eine Eigenschaft, die stärker ausgeprägt war als bei jedem, den sie je getroffen hatte. Sie war stur. Sie war eingeschritten, um den Jungen zu retten – und wenn es irgendwie möglich war, würde sie die Sache auch zu Ende bringen.

Wenn sie dabei noch zwei Übeltäter verspeisen könnte, umso besser.

Sie und Skidi schwammen über den Fluss. Sie hielten die Nase in den Wind, um nach Menschen in der Gegend Ausschau zu halten. Es war gefährlich für zwei Wölfe allein in den Wäldern von Oklahoma. Aber Sara brauchte ihre Wolfsnase, um den letzten Aufenthaltsort der Männer zu überprüfen. Sie brauchten etwa eine halbe Stunde, um die Bootsanlegestelle zu erreichen, wo die Männer und der Junge gewesen waren. Sara senkte ihre Nase zum Boden und atmete tief die Gerüche der beiden Männer ein.

Dann konzentrierte sie sich auf den schwerer fassbaren Geruch des Jungen. Er war an einer Stelle auf den Boden gesetzt worden. Wahrscheinlich, als der größere Mann, der ihn festhielt, ihr auf den Hinterkopf geschlagen hatte. Dem Jungen war es sogar gelungen, ein kleines Stück davon zu rennen, bevor der Mann ihn wieder einholte.

Sie hatte die Antwort auf ihre erste Frage. Der Junge war mit keinem der beiden Männer verwandt. Sie hatten gelogen. Sein Blut roch nicht wie ihres.

Sie war sich nicht sicher, was es mit Blut auf sich hatte, aber der Blutgeruch von Menschen, die miteinander verwandt waren, hatte einige ... Geschmacksnoten? ... gemeinsam.

Es machte Spaß, die Ergebnisse einer Wolfsnase mit einem menschlichen Gehirn zu kombinieren. Schade, dass die Forscher in Yellowstone keinen Werwolf hatten, der sie beraten konnte! Sara las oft deren Arbeiten, um ihr neues Ich besser zu verstehen. Die Forscher schrieben, dass ein Wolfsrudel einen Eindringling, der mit ihm verwandt war, eher akzeptieren würde – selbst wenn die Rudelführer noch nicht geboren waren, als der Eindringling das Rudel verließ. Es war also keine *Geruchserinnerung*, die die Alphas dazu brachte, ihn zu akzeptieren. Ein Werwolf hätte ihnen den Geruch bzw. Geschmack im Blut erklären können, der die

Verwandtschaft verriet. Vielleicht sollte sie ihnen anonym eine E-Mail schreiben?

Sara sah, wie auch Skidi die Fährte des Jungen und der anderen aufnahm. Skidi würde sich ebenfalls daran erinnern – was entscheidend sein könnte. In menschlicher Gestalt war Saras Nase bei Weitem nicht so scharfsinnig.

Sie folgten der Geruchsspur des Trios zum Parkplatz, wo sie sich verlor. Man konnte drei verschiedene Reifenspuren von drei verschiedenen Fahrzeugen sehen, die dort geparkt hatten. Sara wollte sich die Spuren für die Zukunft einprägen – aber sie sah nichts Ungewöhnliches an ihnen. Sie war sich nicht sicher, ob sie ohne etwas Auffälliges den Unterschied zwischen Reifenspuren erkennen könnte. Ein eingetretener Nagel wäre ideal gewesen! Leider ...

Die Männer hatten ihr Kanu mitgenommen, aber ihr Kajak zurückgelassen. Sie hätte erwartet, dass sie das Kajak in die Stromschnellen gestoßen hätten, um ihren Leichnam wie das Opfer eines Bootsunfalls aussehen zu lassen. Aber sie waren wahrscheinlich nervös geworden und wollten so schnell wie möglich aus der Gegend verschwinden.

Als sie und Skidi alles in Erfahrung gebracht hatten, was sie konnten, aß Sara ein Eichhörnchen, damit sie sich wieder in einen Menschen verwandeln konnte. Sie gratulierte sich auch selbst dazu, niemals ohne Wechselkleidung in einem Packsack Kajak zu fahren. Es wäre sehr peinlich gewesen – schlimmer noch, einprägsam! –, nackt am Steg anzukommen, wo ihr Truck wartete.

Wie immer war Sara erleichtert, nach Hause zu kommen. Sie liebte ihr Haus. Es war ein 102 Quadratmeter großes Rechteck mit vier Säulen, die das große Vordach stützten. Die Größe und die hellbraunen Schindeln ließen es wie die meisten anderen Mittelklassehäuser in Oklahoma aussehen. Aber es war an drei Seiten von einer U-förmigen Biegung des Arkansas River umgeben. Und das Innere war genau so, wie sie es wollte – gemütlich, ansprechend und elektronisch besser geschützt als ein Tresor.

Sara stand unter der Dusche, bis das heiße Wasser alle war. Das hatte sie nicht beabsichtigt – normalerweise achtete sie auf den Wasserverbrauch. Aber es schien, als wäre sie gerade erst unter die

Dusche getreten, als das Wasser kalt wurde. Sie hatte keine Ahnung, wohin ihre Gedanken gewandert waren, aber sie schüttelte den Kopf, um sie zurückzuholen.

Sie musste einen Plan machen – denn niemand kommt damit durch, Skidi zu verletzen. Oder zu versuchen, sie beide zu töten.

Nachdem sie Skidis Kopf noch einmal untersucht und für beide ein großes Stück Steak zubereitet hatte, brachte Sara einen gelben Notizblock, einen Stift und ihr MacBook zu dem großen, bequemen Sofa, das mit einer Pendleton-Decke bedeckt war. Skidi drehte sich auf ihrer Seite zweimal im Kreis und ließ sich dann fallen, als hätte sie keinen einzigen Knochen im Leib. Sie schlief schnell ein.

Als die Uhr 17:00 Uhr schlug, schaltete Sara KOTV für die lokalen Nachrichten ein. Die Schlagzeile handelte von einem dreijährigen Jungen namens Lucas Johnson, der aus dem Haus seiner Familie in der Nähe einer kleinen Stadt namens Smithville vermisst wurde – die direkt an dem Fluss lag, auf dem Sara gewesen war. In der Nachrichtensendung hieß es, Lucas werde seit mindestens heute Morgen um 9:00 Uhr vermisst. Eine Suche in der Umgebung wurde fortgesetzt. Es bestand die Sorge, er könnte in das Waldgebiet im Osten gelaufen sein.

Seine Eltern, Noah und Betsy Johnson, waren im Fernsehen zu sehen und baten jeden, der den Jungen gesehen hatte, sich zu melden. Sie zeigten ein Foto, das Saras Verdacht bestätigte. Es war der Junge, den sie gesehen hatte – kein Zweifel. Aber die Polizei hatte keine Ahnung – sie dachte immer noch, der Junge sei nur vermisst.

Sie hatte keine Vorstellung davon, wie kompetent die Polizei in einer so winzigen Gegend wie Smithville war. Es war unwahrscheinlich, dass sie schon einmal in einem Entführungsfall ermittelt hatte. Sie wusste, dass sie die Strafverfolgungsbehörden alarmieren musste – sie konnten Kräfte mobilisieren, über die sie nicht verfügte. Bei einer Entführung zählte jede Sekunde.

Eine schnelle Internetsuche ergab, dass das FBI bei vermissten Kindern unter zwölf Jahren die Zuständigkeit übernehmen konnte. Es musste keine Frist abgewartet werden und es musste auch nicht davon ausgegangen werden, dass das Kind die Staatsgrenzen überquert hatte.

Das war gut, denn Sara kannte einen fähigen FBI-Agenten in Tulsa. Bei einer ihrer früheren Missionen war eine große Drogenlieferung bereits unterwegs, bevor Sara sie aufhalten konnte. Sie hatte das FBI angerufen und es hatte Special Agent Austin Wright vom Büro in Tulsa geschickt. Er hatte die Lastwagen gestoppt und die drei Leichen, die sie im Hauptquartier zurückgelassen hatte, bearbeitet. Ihr gefiel, wie er die anschließenden Befragungen gehandhabt hatte.

Es gab jedoch ein kleines Problem mit ihm. Er suchte immer noch nach der Frau, die den Tipp gegeben hatte. Nach ihr.

Sie verfasste eine Nachricht, dass der vermisste Junge von zwei Männern entführt worden war. Sie nannte die Zeit, den Fluss, die Anlegestelle, an der sie geparkt hatten, und alles, woran sie sich bei deren Kanu erinnern konnte. Und sie gab genaue Beschreibungen der Männer an.

Dann rief sie ihren Freund Mason Spencer in Zentral-Pennsylvania an. Sie hatte Mason kennengelernt, als sie ihn vor einem politischen Problemlöser retten musste. Der Kerl wollte Mason umbringen, wegen dem, was Mason auf dem Computer des Mannes gefunden hatte.

Mason war einer der ganz wenigen, die wussten, was sie war – da sie gezwungen gewesen war, sich direkt vor seinen Augen zu verwandeln. Und Mason wollte sich ihr anschließen. „Ich will böse Jungs bekämpfen", sagte er ihr immer wieder. Sie lächelte. Sie konnte ihn vor sich sehen – sein langes, schwarzes Haar nach hinten gebunden. Seine etwas pausbäckigen Wangen sorgten dafür, dass seine halb indianische Herkunft nicht auf den ersten Blick erkennbar war. Sein hartnäckiger Drang, seine Nase in die Angelegenheiten anderer Leute zu stecken. Wehmütig lächelte sie. Darin war er ihr sehr ähnlich.

Sie machte sich Sorgen, ihn in Gefahr zu bringen. Aber ehrlich gesagt brauchte sie seine Fähigkeiten. Wie zum Beispiel jetzt.

Die ersten Worte aus seinem Mund waren: „Benutzt du das sichere Telefon, das ich dir geschickt habe?"

„Ja, Mason."

„Gut. Dann können wir reden. Hast du was für mich?"

Sie sagte ihm: „Ich habe eine Nachricht, die im Posteingang eines FBI-Agenten in Tulsa landen muss. Ich weiß nicht so recht, wie ich das sicher anstellen soll."

„Klar", sagte er.

„Mason, das ist sehr gefährlich. Wenn er es zu dir zurückverfolgen kann …"

„Wird nicht passieren."

„Mason … weißt du, wie viele Cyberspezialisten das FBI für sich arbeiten lässt? Wie viele Ressourcen sie einsetzen könnten, um dich zu finden?"

Sara konnte ihn am Telefon förmlich mit den Schultern zucken hören. „Na ja, es sind jetzt sechs Monate und sie haben mich immer noch nicht gefunden."

Sara war schockiert. „Du bist seit sechs Monaten in ihrem System?"

„Jep."

Sara schloss die Augen. Die Risiken, die er ständig einging!

„Sara", sagte er, als würde er mit einem begriffsstutzigen Kind reden. „Ich bin viel besser geworden – und viel vorsichtiger –, seit wir uns kennengelernt haben. Es gibt vielleicht vier oder fünf Leute auf der Welt, die mich jetzt finden könnten. Und ich habe Warnsysteme über Warnsysteme, die mich rechtzeitig alarmieren würden."

Sara seufzte. Vielleicht war es an der Zeit, ihn nicht mehr wie den College-Jungen zu behandeln, der er einmal war. Er war jetzt ein Mann. „Ich kann dir nicht versprechen, mir keine Sorgen mehr um dich zu machen", sagte sie zu ihm, „denn das werde ich wahrscheinlich immer tun. Aber ich werde versuchen, deine Fähigkeiten nicht mehr infrage zu stellen."

„Wirst du mich jetzt öfter einsetzen?"

„Ja. Und ich werde dich auch bezahlen müssen. Vielleicht lasse ich dich die versteckten Konten des nächsten reichen Mörders durchforsten, der ins Gras beißt. Wir können sie uns teilen."

Sie konnte sich sein Grinsen vorstellen. Sie diktierte ihm die Nachricht und legte dann auf. Sie hatte selbst ein Grinsen im Gesicht.

Sara stand auf und ging zum Kühlschrank, um sich ihr „Guilty

Pleasure" zu holen, eine Cola Light. Ja, sie wusste, dass Cola-Getränke voller Chemikalien waren, die Zähne in nur ein oder zwei Tagen auflösen und wer weiß was noch alles anstellen konnten. Vielleicht heilte ihr Körper bei der Verwandlung nicht nur Schusswunden, sondern auch chemische Schäden?

Sara hoffte es. Denn am späten Nachmittag rüttelte für Sara nichts das Gehirn so wach wie eine Cola Light. Sie mochte sogar das Gefühl, wie sie ihr beim Herunterschlucken Mund und Kehle verbrannte.

Skidi sah sie an, als sie sich mit der Dose wieder auf das Sofa setzte.

„Ich weiß, ich weiß", sagte Sara zu ihr.

Während das FBI (hoffentlich!) mithilfe von Datenbanken und Personal nach den beiden Männern suchte, wollte Sara sich auf deren Geruch konzentrieren, um sie zu finden. Sie ging von der Überlegung aus, dass sie sie niemals finden würde, wenn es Fremde wären, die zufällig über den Jungen gestolpert waren und beschlossen hatten, ihn mitzunehmen. Vielleicht gab es Kindesentführungsringe, die Kinder auf Bestellung lieferten? Jemand beschließt, dass er einen netten kleinen blonden Jungen von drei Jahren will, und ist bereit, ein Vermögen dafür zu zahlen? Ohne weitere Fragen?

Aber nein. Nicht in diesem Fall. Solche Männer, falls es sie überhaupt gab, würden nicht in einer winzigen Stadt mitten im Nirgendwo nach einem bestimmten Kindertyp suchen. Sie würden dort suchen, wo es viele Kinder und viel Durcheinander gab. Also gab es eigentlich nur zwei Möglichkeiten, die sie sah. Entweder dieser Zufall oder ... jemand, der den Jungen kannte, hatte beschlossen, ihn mitzunehmen.

Ein Elternteil – Sara hatte gelesen, dass so etwas vorkam. Aber die Eltern des Jungen waren beide im Fernsehen zu sehen gewesen und wirkten panisch. Einer von ihnen könnte das natürlich nur vorspielen. *War ich schon immer so zynisch?*, fragte sie sich. *Oder sehe ich in letzter Zeit einfach zu viele böse Menschen? Vielleicht werde ich auch mit diesen toten Augen enden, die man bei manchen Cops sieht.*

Sara schüttelte den Kopf. Sie wiederholte alte Gedankengänge.

Wenn sie ihre Kräfte nicht einsetzte, um Menschen zu retten – was gab es sonst noch? Kindern auf Geburtstagsfeiern eine Heidenangst einzujagen?

Sie kehrte zu ihrer Analyse zurück. Es könnte ein Elternteil sein. Oder ... sie hatte von einem Kindermädchen gelesen, das bei der Entführung eines ihrer Schützlinge geholfen hatte. In Smithville gibt es wahrscheinlich keine Kindermädchen, aber es könnte Babysitter geben – die auf den großen Zahltag aus sind. Aber das wäre ein Risiko – ein junges Mädchen würde es eher bereuen und auspacken.

Also legte sie sich fest. Ein Elternteil, ein erwachsener Verwandter oder ein Nachbar.

Sie sah auf ihre Uhr. Zeit, Mason wieder anzurufen. Und sich weiter zu stärken. Sie musste heute Abend gegen 23 Uhr in Smithville ankommen. Sie hatte gehört, dass Farmer und Rancher sehr, sehr früh aufstanden. Elf Uhr abends würde ihr vier bis fünf Stunden einigermaßen sichere Suchzeit verschaffen. Mason hatte drei Verwandte in Smithville ausfindig gemacht – den Bruder der Ehefrau und zwei erwachsene Kinder des Ehemanns aus erster Ehe. Mason hatte sich bei ihr beschwert, dass Facebook etwas schwerer zu knacken sei als das FBI, aber er hatte es geschafft.

„Nur, dass du Bescheid weißt", sagte er, als sie gerade auflegen wollte. „Ich habe dir in der E-Mail an FBI-Agent Wright einen Decknamen gegeben."

„Was hast du getan?"

„Du willst ihn vielleicht wieder einsetzen, also muss er wissen, dass eine Nachricht von dir verlässlich ist."

„Ich traue mich kaum zu fragen, wie du mich genannt hast?"

„Wahrheitssagerin."

Sara dachte darüber nach. „Das ist eigentlich ziemlich gut. Danke!"

Sara suchte die Adressen der drei Verwandten auf ihrer Karte und markierte sie. Das Haus der Familie Johnson hatte sie bereits markiert.

5

Smithville lag etwa eine Stunde von ihrem Zuhause entfernt. Abgesehen von der winzigen Stadt zeigte Google Maps die ganze Gegend als Waldgebiet an, das hier und da an den Rändern von vereinzelten Ranches oder Bauernhäusern gesprenkelt war.

Sara fuhr mit ihrem drei Jahre alten F-150 eine Straße entlang, die an ein großes Waldstück angrenzte. Sie fand eine flache Stelle am Straßenrand und lenkte den Truck darauf. Sie legte ein abgerissenes Stück Pappe auf das Armaturenbrett, sodass man es durch die Windschutzscheibe sehen konnte. Darauf stand: „Morgen früh mit Abschleppwagen zurück."

Sie zog ihre Kleidung aus und steckte sie in den kleinen, mattschwarzen, wasserdichten Rucksack, der auf ihren Wolfskörper passte. Sie packte ihre Ruger LC9 mit einem zusätzlichen Magazin und ihr Spyderco-Messer dazu.

Sie hatte schon vor langer Zeit die Glühbirne der Innenbeleuchtung entfernt, sodass alles dunkel blieb, als sie die Tür öffnete und mit Skidi ausstieg. Sie seufzte tief und biss die Zähne zusammen. Kein Aufschieben mehr. Sie hasste den Schmerz der Verwandlung. Jedes Mal, wenn sie kurz davorstand, schwor sie sich, dass es das letzte Mal sein würde. Aber irgendwie – vielleicht hatte sie masochistische Züge? – tat sie es immer wieder.

„Es dauert nur eine Minute", flüsterte sie, schloss die Augen und verzog das Gesicht. „Das halte ich aus."

Und das tat sie.

Sie hatte den Rucksack auf den Boden gestellt, die Träger perfekt ausgerichtet, um ihre Pfoten hindurchzustecken. Sie schob ihre Schnauze unter den Rucksack und hievte ihn sich auf den Rücken. Es war umständlich, denn sie konnte den Verschluss nicht schließen, um ihn zu sichern. Sie hatte es immer und immer wieder versucht, war aber gescheitert. In Wolfsgestalt konnte sie einen Verschluss öffnen. Sie musste nur ihren Unterkiefer darunter schieben und einen Reißzahn auf den Verschluss setzen. Das funktionierte jedes Mal. Aber sie hatte noch keinen Weg gefunden, ihn zu schließen.

Sie und Skidi verschwanden schnell im Wald. Es war der für diese Gegend typische Eichen- und Kiefernwald, mit ein paar Hickorybäumen dazwischen. Das niedrige Unterholz am Waldboden war nicht allzu dicht.

Etwa eine Meile vom geparkten Auto entfernt fanden sie einen Platz, um den Rucksack zu deponieren. Es war eine flache Mulde. In der Nähe lag ein recht großer Felsbrocken, den sie darauflegen konnten. Sie streifte den Rucksack ab, warf ihn in die Mulde und schob dann den Felsen darüber.

Dann urinierten sie und Skidi auf den Boden ringsherum. Sie wollten absolut sichergehen, dass sie ihn schnell wiederfinden konnten – falls sie in großer Eile sein sollten.

Sara sog die nächtliche Waldluft in großen Zügen ein. Den Geruch von Freiheit. Sie wollte ... ach, was soll's? Sie ließ sich ins Laub fallen und wälzte sich hin und her. Sie wackelte mit dem Hintern und ließ sich vom Boden den Rücken kratzen. Das wirbelte köstliche Gerüche auf. Moderndes Laub. Tierkot. Die Spuren von Würmern. Leben. Und einer guten Freundin – denn Skidi wälzte sich direkt neben ihr im Laub.

Widerstrebend rappelte sie sich wieder auf. Zeit zu arbeiten.

Es waren etwa fünf Meilen bis zum Haus der Familie – wenn sie im Wald blieben. Nur einmal verließen sie die Deckung, als sie einen unbefahrenen Feldweg überqueren mussten. Sie hätten die Zeit halbieren können, wenn sie bereit gewesen wären, hohe Graspräne zu durchqueren – und für jeden sichtbar zu sein, der hinsah.

Sara hielt einen leichten Trab bei, steigerte das Tempo nur ein wenig, und nach etwa einer Stunde erreichten sie die Wälder, die die Ranch der Familie Johnson umgaben. Sara sah die beiden hinteren Gebäude vor sich, die sie auf Google Maps gesehen hatte. In der Annahme, dass in dem größeren Tiere untergebracht waren, hatte sie sich von der dem Haus gegenüberliegenden Seite genähert. Und sie hatten etwas Glück. Eine leichte Brise wehte ihnen direkt entgegen, sodass ihre Witterung nicht getragen werden sollte. Sara hatte festgestellt, dass Schafe bei ihrem Geruch etwas verrücktspielten – sie konnte sich nicht vorstellen, warum(!) Und die Familie hatte wahrscheinlich mindestens einen Hund.

Das Haus selbst war ursprünglich ein schlichter, rechteckiger Kasten mit einer Verkleidung aus Vinyl gewesen. Irgendwann war ein weiterer Rechteckbau hinzugefügt worden, der nun eine L-Form bildete. Es gab eine große Veranda, von der eine Tür ins Wohnzimmer offen führte – nur die Fliegengittertür hielt die Insekten draußen. In diesem Raum brannte ein einzelnes, warmes Licht und ein weiteres schien aus einem weiter hinten liegenden Raum – Sara vermutete, der Küche. Ein leises Murmeln drang aus dem vorderen Zimmer – zwei Personen unterhielten sich mit leiser Stimme.

Sie und Skidi schlichen näher heran – blieben aber mindestens 25 Fuß entfernt. Sara hatte (danke, Google!) gelernt, dass fast alle Bewegungsmelder für Außenleuchten in etwa 20 Fuß Entfernung abschalteten. Nur sehr wenige hatten eine Reichweite von bis zu 60 Fuß. Eine Farm oder Ranch würde wahrscheinlich nicht für die zusätzliche Distanz bezahlen – oder sie gar wollen. Bei umherstreifendem Wild würde ein solches Licht die ganze Nacht über an- und ausgehen.

Sara achtete auch darauf, windabwärts zu bleiben.

Sie schnupperte in die Luft. Sie konnte sechs Leute im Raum riechen – drei Männer und zwei Frauen – nein ... eine Frau und ein Mädchen. Das Mädchen war älter als der vermisste Junge – sie menstruierte. Sie musste die Schwester des Jungen sein – sie roch nach derselben Duftnote wie er. Das Mädchen und zwei der Männer schliefen – sie konnte ihre langsamen Atemzüge hören.

Auf der unbefestigten Einfahrt parkten drei Trucks und ein Polizeiauto. Sara ging hinüber, um sie zu überprüfen. Das Polizeiauto roch nach vielem – Öl, Benzin, Schießpulver, altem Fastfood. Aber sie erkannte auch den Geruch eines der schlafenden Männer im Haus wieder. Er roch nicht nach der Familie.

Sie überprüfte die Trucks. Einer wurde hauptsächlich von der Frau gefahren – das musste Betsy Johnson sein. Der zweite Truck roch hauptsächlich nach dem zweiten schlafenden Mann. Sie analysierte seinen Geruch. Er roch überhaupt nicht wie die Frau, hatte aber dieselbe verwandtschaftliche Geruchsnote wie das Mädchen im Haus und der vermisste Junge. Er war also der Vater – Noah Johnson.

Der dritte Truck roch hauptsächlich nach dem Mann, der mit der Mutter sprach. Etwas an seinem Geruch ... er ähnelte dem der Mutter. Mason hatte drei nahe Verwandte gefunden. Zwei waren mit dem Vater verwandt und einer mit der Mutter. Also musste der Mann, der mit Betsy sprach, ihr Bruder Karl Nilsson sein.

Sara bewegte sich an eine Stelle, von der aus sie ins Haus sehen konnte.

Plötzlich brach im Zimmer eine Kaskade von Gekläffe aus. Ein weißer, flauschiger Schoßhund stemmte sich gegen die Fliegengittertür – er stand auf den Hinterpfoten und bellte sich die kleine Seele aus dem Leib.

Sie waren aufgeflogen.

Sara hob eine Pfote, um Skidi zu signalisieren, dass sie bleiben sollte, dann verschwand sie hinter der nächstgelegenen Scheune.

Mit 130 Pfund war sie zu groß, um als Hund durchzugehen. Aber Skidi war zur Hälfte Hund und wog nur 100 Pfund. Es war wichtig, dass die Familie einen Hund sah, der das Bellen erklären würde. Wenn sie an einen Herumtreiber oder einen Wolf dachten, würden sie vielleicht mit Gewehren kommen.

Sara hörte die Frau an der Tür fragen: „Was bellst du denn da an?" Dann gab Sara Skidi mit der Pfote das Zeichen, zu ihr zu kommen.

„Es ist nur ein Hund", hörte sie den Polizisten sagen, der klang, als wäre er gerade erst aufgewacht. „Aber ... eine gute Gelegenheit für einen Rundgang ums Haus."

„Ich komme mit", sagte der Vater.

Für Sara und Skidi war es einfach, sich außerhalb der Reichweite der Taschenlampen zu verstecken und trotzdem die Gerüche der beiden Männer gut wahrzunehmen. Der Polizist war sehr jung – das war wahrscheinlich sein erster Job. Er roch besorgt. Beunruhigt. Müde. Ängstlich, wie das hier ausgehen würde. So ziemlich das, was sie erwartet hatte.

Der Ehemann war älter – vielleicht Mitte dreißig. Eher klein und dünn. Auf diese typische Oklahoma-Art gut aussehend – blitzsauber mit einem Bürstenhaarschnitt unter einem Cowboyhut, den er anscheinend nie abnahm. Nur war der Glanz jetzt verflogen. Er roch nach Qual. Kummer. Angst. Sara konnte bei ihm keine falsche Note entdecken – weder in seinem Geruch noch im Tonfall seiner Stimme.

Schließlich kehrten die Männer ins Haus zurück. Sara und Skidi kamen wieder näher heran.

Der dritte Mann – vermutlich ihr Bruder Karl – stand an der Tür und verabschiedete sich. Er sah skandinavisch aus – blondes Haar, das am Schnurrbart und Ziegenbart bereits grau wurde. Blaue Augen – die Sara mit ihren Wolfsaugen perfekt sehen konnte. Glücklicherweise sind Wölfe und Hunde nicht farbenblind, auch wenn man das manchmal liest. Sie können Blau- und Gelbtöne gut sehen – nur eben Rottöne nicht.

Betsy Johnson stand mit ihrem Bruder an der Tür. Sie war eine zierliche Person, ebenfalls skandinavischer Abstammung. Mit ihrem langen blonden Haar wäre sie mädchenhaft hübsch gewesen – wären ihre Augen nicht geschwollen und rot gewesen. „Geh du nach Hause", sagte sie zu Karl Nilsson. „Ruh dich etwas aus. Ich rufe dich an, sobald wir etwas hören."

„Halt durch", sagte er zu ihr. „Ich bin sicher, wir finden ihn bald. Ich komme morgen früh wieder."

Er wollte gerade gehen, dann kam er zurück, nahm sie in seine

Arme und umarmte sie. „Betsy, es tut mir so leid, dass du das durchmachen musst!"

„Ich habe solche Angst", sagte sie an seiner Schulter. Dann löste sie sich und atmete tief durch. Sie drehte ihn um und schob ihn weiter zur Tür hinaus.

„Geh jetzt", sagte sie, „sonst fange ich wieder an zu weinen."

Karl ging zu seinem Chevy Silverado und stieg ein. Im Türrahmen legte Noah Johnson seinen Arm um Betsy und führte sie zurück ins Haus.

Karl Nilsson kurbelte sein Fenster herunter und starrte eine Minute lang auf das Haus. Dann startete er den Truck und fuhr los. Einen Gestank von Schuld hinterließ er in der Luft.

Sara sah ihm nach, dann nickte sie Skidi zu. Sie rannten zurück durch den Wald zu ihrem Auto, überquerten vorsichtig die Straße und rannten noch ein Stück. Als sie fast dort waren, wo sie ihren Rucksack versteckt hatte, spürte Skidi eine Art Nagetier auf und packte es mit den Zähnen – gerade fest genug, um es zu halten, aber nicht zu töten. Sara wusste nicht, ob es ein Maulwurf, ein Erdhörnchen oder sonst was war – und sie wollte es auch nicht wissen. Es war schon schlimm genug, dass sie es essen musste.

Sara hatte Online-Chatrooms gesehen, in denen Leute darüber redeten, wie fantastisch es wäre, ein Werwolf zu sein. Sie schienen es glamourös zu finden. Sara dachte, diese Leute würden vielleicht anders denken, wenn sie wüssten, dass man Fleisch essen muss, um sich wieder in einen Menschen zu verwandeln. Und – wenn man nicht zu Hause ist – kann man für dieses Fleisch nicht einfach zu einem McDonald's spazieren.

Skidi wartete, bis Sara mit der Schnauze nickte, dann schwang Skidi ihren Kopf und warf das Tier in die Luft. Sara fing es auf, schloss die Augen und verschlang es. Dann legte sie sich hin und ließ den Schmerz der Verwandlung über sich ergehen.

Sie waren nur ein paar Hundert Fuß von ihrem Kleiderversteck entfernt, aber es schien, als bestünde der Waldboden nur aus spitzen Felsen. Jeden davon schienen ihre nackten menschlichen Füße zu finden.

„Ja, das ist wirklich glamourös", murmelte sie zu Skidi. Sie hatte ein komisches Gefühl im Mund. Sie griff hinein und entfernte etwas, das sich an einem Zahn verfangen hatte. Es fühlte sich an wie ... Fell?

„Ist das Nagetierfell?", fragte sie Skidi. „Ernsthaft? Igitt. Bäh!" Sie warf es so weit, wie sie konnte.

Sara holte ihren Rucksack und zog ihre Kleider – und Schuhe – wieder an. Dann bemerkte sie, wie Skidi tänzelte.

„Lachst du mich aus?", fragte sie.

Skidi antwortete nicht, sondern tanzte nur noch mehr um Sara herum.

„Du findest das lustig, was? Du kleiner Fratz!"

Sie gingen in die Richtung, in der das Auto geparkt war. Sara setzte das Gespräch fort. „Ich sehe nicht, dass du diese Nagetiere isst. Du wartest auf ein schönes Steak zu Hause, nicht wahr?"

Skidi hielt es für ein tolles Spiel und rannte Kreise um sie.

Sara schüttelte den Kopf und lächelte. „Ich warte auch lieber auf ein Steak. Wenn ich nur herausfinden könnte, wie man in Wolfsgestalt Auto fährt!"

Sie lächelte breiter. „Und was für ein Anblick wäre das erst für ein vorbeifahrendes Auto!"

Es war halb zwei Uhr morgens, als sie am Rande einer anderen Straße parkten. Laut Karte lag die Abzweigung zu Nilssons Straße zwei Meilen weiter vorn. Von dieser Abzweigung aus war es noch eine weitere Meile bis zu seinem Haus. Sara wollte mit ihrem Truck nicht näher heran.

Sie streckte sich und klopfte ihre Taschen ab. Sie vergewisserte sich, dass sie ihr Handy, ihre Ruger LC9 und ihr Spyderco-Messer bei sich hatte – plus ein paar Extras, die sich als nützlich erweisen könnten.

Sie begann, in schnellem Trab die Straße entlangzulaufen, Skidi an ihrer Seite. Sie hielt nach Autoscheinwerfern Ausschau, die sie zwingen würden, von der Straße zu springen und sich im Gebüsch flach auf den Boden zu werfen.

Sara hatte das Joggen ihr ganzes Leben lang verabscheut. Langweilig. Sinnlos. Und hatte sie schon erwähnt – langweilig? Aber jetzt gefiel es ihr tatsächlich. Der Unterschied war, dass es sich richtig gut anfühlte. Sobald sie einen gewissen Rhythmus gefunden hatte, fing ihr Körper an zu summen. Fast zu singen. Als wäre es für sie natürlicher als zu gehen. Vielleicht war es ja natürlicher – für den Wolfsanteil in ihr. Der Körper lief wie von selbst. Sie konnte ihren Geist nutzen, um die Welt um sie herum zu spüren.

Sie lauschte den Geräuschen der Nacht. Den Tieren. Dem Rascheln der Blätter in der leichten Brise, die ihr nun das Gesicht streichelte. Den Gerüchen. Sie war nicht *in* der Nacht. Sie *war* die Nacht.

Fast zu früh kamen sie bei Karl Nilssons Haus an. Es war dunkel, aber Sara konnte trotzdem sehen. Es war ein Farmhaus, mit Schindeln verkleidet und einer Veranda, die um das ganze Haus herumführte. Sie konnte sehen, dass es einst prächtig gewesen war – als wolle es der Hauptsitz eines erfolgreichen Familienclans sein. Jetzt jedoch wurde es nicht mehr in Schuss gehalten. Sie sah abblätternde Farbe an den Fensterläden. Unkraut. Die Zeichen eines Ortes, der von einem alleinlebenden Mann bewohnt wurde. Ein wenig traurig und vergessen.

In der Einfahrt stand nur ein einziges Fahrzeug – der Chevy Silverado.

Sara ließ Skidi in ihrer Nähe, während sie das Haus umrundete und dabei einen Abstand von gut sieben Metern einhielt. Angesichts des baufälligen Zustands bezweifelte sie, dass Karl sich leistungsfähigere Lichtsensoren geleistet hätte.

Sie strengte sich an, aber sie hörte nichts. Zeit, näher heranzugehen. Sie bewegte sich zu einer Seite des Hauses, wo es zwei größere Fenster und ein kleineres Badezimmerfenster gab – beide hinter der Veranda. Auf dieser Seite gab es keine Türen.

Sara hob einen kleinen Stein vom Boden auf und zeigte ihn Skidi.

„Apport", sagte sie und warf den Stein bis auf etwa einen Meter an die Veranda heran. Skidi schoss hinter dem Stein her und kam stolz damit zurückgetrabt. Sie legte ihn Sara zu Füßen. Es war zweifellos genau der Stein, den sie geworfen hatte – Sara hatte es schon vor langer Zeit aufgegeben, sie zu testen. Was zurückkam, hatte immer dieselbe Größe und Form wie das, was sie geworfen hatte – egal wie weit sie warf.

Das Wichtige war jetzt, dass durch Skidis Ausflug keine Scheinwerfer angingen.

Sara klopfte sich auf die Seite, was Skidi bedeutete, direkt neben ihr zu bleiben. Dann ging sie auf die Veranda zu, wobei sie den gleichen Weg wie Skidi zuvor nahm. Sie ging davor tief in die Hocke und lauschte angestrengt. Sie konnte Schritte in dem Raum zu ihrer Linken hören. Wahrscheinlich ein Wohnzimmer oder Arbeitszimmer. Größtenteils gedämpft. Gelegentlich nicht.

Wenn sie hätte wetten müssen, klang es wie ein Mann, der auf und ab ging. Sara spitzte die Ohren, um irgendwelche anderen Geräusche auszumachen. Irgendeine andere Person. Sie hörte keine, aber wenn sie in einem anderen Raum wäre, würde sie das vielleicht nicht können.

Sie betrachtete die Veranda sorgfältig. Hier an der Seite war sie nicht so tief wie an der Vorder- und Rückseite. Vielleicht anderthalb Meter breit. Gerade genug Platz für die beiden Plastikstühle nebeneinander. Sie sah keine kleinen elektronischen Kästen, die von oben herabschauten.

Sie stand auf und legte ihre Hände auf das Geländer, dann schwang sie sich hinüber – so leise wie sie konnte. Sie kauerte sich hin, hob eine Hand, um Skidi zu signalisieren, dass sie warten sollte, und lauschte. Nichts geschah.

Sie stand auf. Sie sah Skidi an und legte den Finger auf die Lippen. Dann winkte sie mit beiden Handflächen nach oben in Richtung ihrer Brust.

Skidi sprang ihr in die Arme. Sie brachte Sara jedes Mal ins Wanken, wenn sie das tat, aber es geschah leise. Keine Hundekrallen, die auf den Terrassendielen kratzten. Sara setzte sie wieder ab.

Sie bewegte sich an der Hauswand entlang und hielt sich von den Fenstern fern. Sie legte ihr Ohr an die Fassade und lauschte weiter. Vorne, hinten, in der Nähe des Badezimmers. Keine Geräusche, außer Nilsson, der im vorderen Zimmer auf und ab ging.

Zeit zu handeln.

Genau in dem Moment hörte Sara aus dem vorderen Zimmer das Geräusch eines Glockenspiels – den voreingestellten Klingelton eines iPhones.

„Was hat so lange gedauert?", hörte sie Nilsson fragen. „Ich habe schon gewartet."

Sara konnte die Antwort nicht hören. Selbst Wolfsohren hatten ihre Grenzen.

„Ich weiß. Ich werde nicht wieder anrufen. Aber... sagen Sie mir nur, dass es dem Jungen gut geht. Und dass er weit weg von hier ist."

Stille.

„Ja, ich habe die Urkunde und die Schuldscheine erhalten. Damit sind wir quitt, richtig?"

Eine sehr lange Stille.

„Danke... aber das ist nicht nötig." Nilsson klang sehr zögerlich.

Nach einer kurzen Pause sagte er: „Na ja... okay. Zehntausend wären ein netter Bonus. Wann kommt er? Jetzt? Okay, na dann, danke." Nilsson legte auf und verließ den Raum.

Sara hörte ein Auto die Einfahrt herunterkommen. Sie hörte, wie es vor dem Haus hielt.

Im Haus hörte sie das unverkennbare Geräusch, wie eine Schrotflinte durchgeladen wurde.

Von vorne hörte sie eine Autotür aufgehen und jemanden aussteigen. Bestiefelte Füße gingen die Treppe hoch und es klopfte an der Haustür.

„Ja", kam Nilssons Stimme von drinnen.

„Hier ist Ryder. Ich habe Ihre Lieferung." Die Stimme draußen war rau. Heiser. Vertraut?

„Lassen Sie es einfach an der Tür stehen. Danke."

„Geht nicht – das würde dem Boss nicht gefallen."

„Okay", sagte Nilsson mit einem seltsamen Unterton in der Stimme.

Sara hörte, wie die Tür aufging, dann hörte sie Schüsse. Ein Schuss aus einer großkalibrigen Pistole, fast gleichzeitig mit dem Abfeuern einer Schrotflinte. Dann zwei weitere Pistolenschüsse.

Dann Stille.

Sara hatte ihre Waffe gezogen, als der erste Schuss fiel. Nun ermahnte sie sich: *Du darfst ihn nicht töten. Du brauchst ihn, um den Jungen zu finden.*

Das Problem dabei war, dass der andere keine Skrupel hätte, sie zu töten.

Sara bewegte sich zur Ecke und spähte um sie herum. Nichts. Sie bewegte sich leise zur Tür, die Waffe in beiden Händen knapp unter Augenhöhe haltend. Ein kurzer Blick durch die Tür zeigte einen kleinen, drahtigen Mann, der sich über Nilsson beugte und seine Taschen durchsuchte. Schüsse auf den Arm waren bei der kleinsten Bewegung zu leicht zu verfehlen, also feuerte sie einen Schuss in seinen rechten Oberschenkel – sorgfältig von der Oberschenkelarterie entfernt.

Noch bevor der Mann sich umdrehen konnte, gab sie Skidi ein bestimmtes Zeichen und Skidi raste hinein und schlug ihre Kiefer um das Handgelenk des Mannes – das, welches die Waffe hielt. Es war das „Fangen"-Zeichen, nicht das „Töten"-Zeichen, also hielt Skidi das Handgelenk fest genug, um eine Bewegung zu verhindern – aber sie schnappte mit ihren Kiefern nicht zu.

Die Kombination aus dem nachgebenden Bein und Skidis Gewicht brachte den Mann neben Nilsson zu Boden.

Sara sah sein Gesicht. Die ganze Sache war ein Déjà-vu. Es war der Entführer, den Skidi schon einmal angegriffen hatte. Sie erinnerte sich, wie er die Waffe in die andere Hand gewechselt und Skidi K.O. geschlagen hatte!

Sara rannte zu ihm und griff nach der Waffe. Der Mann – anscheinend Ryder – drückte fest zu und hielt sie fest. Skidi hielt ebenfalls fest.

Sara versuchte, ihre Wut zu unterdrücken. Sie brachte ihr Gesicht nahe an das des Mannes. Mit sehr leiser Stimme sagte sie: „Du hast meinen Wolf verletzt. Du hast versucht, mich zu töten. Ich möchte ihr *wirklich* gerne sagen, dass sie deine Hand abbeißen soll."

Er starrte sie einen Moment lang wütend an. Dann ließ er los. Sie steckte die Waffe ein.

Sie stieß die Schrotflinte von Nilsson weg und stupste ihn mit dem Fuß an. Sie war sich ziemlich sicher, dass er tot war. Sein Hemd war über seinem Herzen mit Blut überströmt – und es floss kein Blut mehr. Während sie ihre Waffe auf Ryder gerichtet hielt, überprüfte

Sara zur Sicherheit Nilssons Halsschlagader auf einen Puls. Da war keiner.

Sie sagte zu Ryder: „Benutze deine Jacke, um die Blutung an deinem Handgelenk zu stoppen."

Das tat er. Dann sah er sie an und sagte: „Du solltest besser rennen, Mädel. Denn wenn mein Boss dich findet..."

Sara grinste. „Oh, ich hab ja *sooo* eine Angst!"

Das war nicht die Reaktion, die Ryder erwartet hatte.

Sara ging auf die andere Seite von ihm, Skidi gegenüber. Sie packte seinen freien Arm und drückte fest zu – genau dort, wo der Ellennerv verlief. Während er schrie, rollte sie den Mann auf den Arm, den Skidi immer noch festhielt.

Sie kniete sich auf seinen Rücken und zog einen robusten Kabelbinder aus ihrer Tasche – eines der praktischen Utensilien, die sie immer bei sich trug. Sie riss seine gesunde Hand unsanft auf den Rücken. Sie griff unter ihn und packte das Handgelenk, das Skidi immer noch im Maul hielt.

Sie nickte dem Hund zu, der es ihr überließ. Skidi hielt ihren Kopf in der Nähe des Mannes und stieß ein leises, bedrohliches Knurren aus. Ihr Kiefer war nur wenige Zentimeter von seinen Augen entfernt.

Während er Skidi beobachtete, drehte Sara diesen Arm nach hinten, um ihn mit dem anderen zusammenzuführen, und fesselte beide Handgelenke mit einem Kabelbinder. Fest – aber nicht so fest, dass sie ihn regelmäßig lockern musste. Sie nahm sich einen Moment Zeit, um seine Hände zu überprüfen. Kein graues Haar an ihnen und keine tiefen Kratzer. Es war also der andere Mann gewesen, der versucht hatte, sie zu ertränken.

Sara durchsuchte Ryder. Zusätzlich zu dem Colt-Government-Modell Kaliber .380, das er in der Hand gehalten hatte, hatte Ryder auch einen kurzläufigen .22er-Taurus im Stiefel, eigene Kabelbinder, einen Schlagring und das Blood-Moon-Bowiemesser – dasjenige, das als das furchteinflößendste aller Messer galt.

Er hatte eine Brieftasche mit ein paar hundert Dollar und einem Führerschein darin. Sonst nichts. Laut Führerschein war er Ryder Williams und lebte in Tulsa. Sie zog ihr Handy heraus und schickte

Mason den Namen des Mannes und die Führerscheindaten. Und am wichtigsten – sie fand ein Handy. Das würde für das FBI nützlich sein, da es wahrscheinlich seine Anrufe nachverfolgen konnte.

Sie packte Ryder an den Schultern und zerrte ihn zu einer kahlen Wand. Sie zog ihn in eine sitzende Position dagegen, seine Hände zweifellos schmerzhaft auf dem Rücken gefesselt.

Sie ging zurück und durchsuchte Nilssons Leiche. Ein weiteres Handy für das FBI – der letzte Anruf, den er erhalten hatte, wäre wertvoll. Keine weiteren Waffen bei ihm, außer einem Taschenmesser.

Obwohl ihre Nase ihr sagte, dass niemand sonst im Haus war, durchsuchte sie es. Es war groß und größtenteils ungenutzt. Es gab Zimmer, in denen dicker Staub auf den Möbeln lag – Zimmer, von denen sie annahm, dass sie seit Jahren nicht mehr benutzt worden waren. Nachdem sie niemanden gefunden und den aufgewirbelten Staub weggeniest hatte, stellte sie Skidi als Wache auf, um sicherzustellen, dass niemand sonst ankam, während sie abgelenkt war.

Schließlich schnappte sie sich ein Sofakissen und ließ es direkt neben dem Mann auf den Boden fallen. Sie setzte sich darauf neben seine Beine und fesselte sie mit einem Kabelbinder zusammen.

Seine Augen wanderten ständig von Skidi zu ihr. Sie blickte ihm in die Augen und sog seinen Geruch ein. Etwas Angst vor ihr. Etwas Verlegenheit, weil sie ihn überwältigt hatte. Eine ganze Menge Wut. Auch Sorge – wahrscheinlich wegen seines Bosses.

„So wird das jetzt laufen", sagte sie zu ihm. „Wir müssen den Jungen – Lucas Johnson – so schnell wie möglich finden. Du wirst uns also alle Einzelheiten nennen – während ich dich mit meinem Handy filme."

Entsetzt starrte er auf ihr Handy. „Scher' dich zum Teufel, Lady!"

„Tja", sagte sie mit ihrer vernünftigsten Stimme, „da liegst du falsch. Ich bin keine Lady. Wenn ich dich ansehe, sehe ich ein widerliches Stück Scheiße, das für Geld tötet und dem es völlig egal ist, kleine Kinder zu entführen. Meine Vorliebe wäre also, dass du sehr, sehr langsam und unter den größtmöglichen Schmerzen stirbst."

Sie starrte ihn an und ließ ihre Wut erkennen. „Für das, was du meiner Wölfin hier angetan hast, würde ich dich am liebsten eigenhändig erwürgen. Ich hoffe also irgendwie, dass du nicht sofort redest."

Der Mann schaute weg und murmelte. Aber sie hörte es.

„Du kannst nicht?"

Er nickte. „Ich kann nicht."

„Wegen deines Bosses?"

Er nickte. „Du hast ja keine Ahnung …"

„Dein Boss ist nichts im Vergleich zu mir."

Der Mann lachte nur.

Saras Handy machte ein Geräusch. Sie schaute darauf. „Sieht so aus, als wäre dein Boss nicht so schlau, wie du denkst. Dein Führerschein ist echt. Oder hat er vielleicht geplant, dass du entbehrlich bist?"

Ryder sagte nichts.

„Wo ist Lucas Johnson?"

Ryders Kopf hing herab und er schüttelte ihn von einer Seite zur anderen.

Sara verpasste ihm eine harte Ohrfeige.

„Sieh mich an", sagte sie. „Ich bin dein schlimmster Albtraum. Du hast dir nicht einmal träumen lassen, dass es auf der Welt etwas so Schlimmes wie mich gibt."

Der Mann verdrehte die Augen. Sara tätschelte ihm mit der rechten Hand die Wange. Sie tätschelte ihn weiter, während sich ihre Hand in eine Pfote mit Krallen verwandelte. Sie tätschelte ihn weiter, jetzt nur noch mit ihren Krallen. Sie zog eine davon über seine Wange und hinterließ eine Blutspur.

Er zuckte leicht zurück und blickte auf ihre Hand. Er sah etwas, das offensichtlich nicht da sein konnte.

Er blinzelte schnell und sah wieder hin. Dann riss er den Kopf so weit wie möglich von ihrer Pfote weg. Seine Augen fixierten ihre Pfote, als wollte er den Anblick durch reinen Willen verändern. Er blinzelte heftig in der Hoffnung, dass sich das, was er sah, verändern würde. Aber das tat es nicht. Er starrte ungläubig auf die Stelle, an der ihre Pfote in einen menschlichen Arm überging.

Langsam richtete er seine weit aufgerissenen Augen auf ihr Gesicht.

„Gradys Hände waren völlig zerkratzt", sagte er und erinnerte sich. „Krallenspuren."

„Genau", sagte sie. „Also, Grady? Gut, seinen Namen zu kennen. Aber konzentriere dich, Ryder. Ein paar Krallenspuren sind nichts im Vergleich zum Rest. Hier kommt der Höhepunkt."

Sein Kopf war gegen die Wand gelehnt – so weit es nur ging. Sara bewegte ihr Gesicht bis auf fünfzehn Zentimeter an seines heran. Dann begann sie mit der Verwandlung ihres Gesichts.

Langsam, so langsam sie konnte, begannen ihre Nase, ihr Mund und ihr Kinn zu einer einzigen Schnauze zu verschmelzen. Gleichzeitig begannen sie, sich zu verlängern und rückten Ryders Gesicht immer näher.

Er riss den Kopf nach links. Sie bewegte ihr Gesicht nach links. Er riss den Kopf nach rechts. Sie folgte ihm.

Schließlich hielt Ryder inne und sah einfach nur zu.

Sara hatte den Abstand perfekt eingeschätzt. Als ihre Schnauze vollständig ausgebildet war, berührte sie gerade so die Nase des Mannes.

Er schauderte.

Er kniff die Augen fest zu.

Sie rührte sich nicht.

Er hielt es vielleicht eine Sekunde lang aus, dann riss er sie wieder weit auf.

Für das Finale begann Sara, ihren Kiefer zu öffnen. Langsam. Zentimeter um Zentimeter. Zähne wurden sichtbar. Eine *Menge* Zähne! Zweiundvierzig davon wurden zur Schau gestellt. Strahlend weiß und sehr, sehr scharf. Direkt vor Ryders Gesicht. Im Mittelpunkt seines Blickfeldes befanden sich vier sehr scharfe, sehr große Eckzähne. Fast acht Zentimeter lang.

Als ihr Kiefer maximal geöffnet war, legte Sara ihre beiden unteren Eckzähne unter Ryders Kinn und streckte sich, um ihre beiden oberen Eckzähne auf seine Stirn zu legen.

Seine Augen verdrehten sich nach oben und er sackte auf die

unteren Eckzähne. Sie schaffte es kaum, rechtzeitig zurückzuweichen, ohne sein Gesicht zu durchbohren.

OK, dachte Sara. *Lektion gelernt. Ich wollte furchterregend sein, aber nicht so sehr, dass er in Ohnmacht fällt.*

Frustriert stand Sara auf und ging in die Küche. Sie füllte eine Pfanne mit kaltem Wasser aus dem Wasserhahn und kam zurück. Sie schüttete Ryder das Wasser ins Gesicht. Die Zeit wurde knapp. Sie konnte ihn nicht verhören, bevor sie einen menschlichen Mund hatte, und sie konnte ihr Gesicht jetzt nicht zurückverwandeln. Denn wenn er aufwachte und sie als Mensch sah, würde er niemals glauben, dass es echt war.

Ryder hustete, zuckte und kam zu sich. Sein Blick richtete sich auf sie. Eine Wolfsschnauze auf einem menschlichen Körper.

„Oh Gott", murmelte er. „Oh Gott, oh Gott, oh Gott."

Sara rückte ihr Kissen etwa sechzig Zentimeter zurück und setzte sich wieder darauf.

Sie holte ihr Handy heraus und verwandelte ihr Gesicht wieder in das eines Menschen. Sie stellte das Handy auf Aufnahme.

6

FBI-Spezialagent Austin Wright wurde aus einem seltsamen Traum gerissen. Er war irgendwie ein Rodeo-Cowboy, der einen Verbrecher nach dem anderen mit dem Lasso einfing. In einer Rodeo-Arena. Unter dem Jubel der Menge.

Er schüttelte den Kopf und griff blind nach seinem Handy, das auf seinem Nachttisch auflud. Immer wenn er so aufwachte, war es fast immer ein Signalton seines Handys, der ihm eine neue Nachricht ankündigte.

Das Handy zeigte fünf Uhr morgens an. Er unterdrückte ein Stöhnen, um Amelia nicht zu wecken. Sie hatten beide eine lange Nacht hinter sich, weil Bobby zahnte.

Er sah eine Nachricht von Truth Teller. Er hatte sein Diensthandy so eingestellt, dass es alles von dem Kerl weiterleitete. Darin stand: „Lesen Sie Ihre E-Mail. Sie können Lucas Johnson retten, wenn Sie schnell handeln."

Austin stand schnell auf und eilte in sein Arbeitszimmer – eigentlich ihr kleines drittes Schlafzimmer, das er als Heimbüro beschlagnahmt hatte. Er loggte sich sicher ein und fand eine E-Mail mit einem Videoanhang. Er leitete die E-Mail an die Technikabteilung weiter, um zu versuchen, die Quelle zu finden, obwohl sie bei der vorherigen E-Mail keinen Erfolg gehabt hatten.

Er spielte das Video ab. Nach drei Minuten hielt er es an und rief das Büro in Little Rock, Arkansas, an. Er erreichte den SAC (Special Agent in Charge) und ließ ein Team zu der im Video genannten Adresse ausrücken. Dann sah er sich den Rest an.

Er rief ein Unterstützungsteam an, das sich ihm anschließen sollte, und ein weiteres, das ein bestimmtes Haus in Tulsa beobachten sollte. Der Befehl lautete, niemanden das Haus verlassen zu lassen. Dann warf er sich in Schale, sprang in seinen drei Jahre alten Honda CR-V und fuhr nach Smithville.

Während der Fahrt ging er das Video noch einmal in Gedanken durch. So etwas hatte er noch nie gesehen. Der Mann – Ryder Williams – gestand alles: Namen, Orte, begangene Verbrechen. Er verriet den Mann, der die Entführung angeordnet hatte. Er sprach schnell und sah verängstigt aus. In der E-Mail, die dem Video beigefügt war, stand, dass der Mann im Haus von Karl Nilsson gefesselt sei, die Adresse in Smithville war angegeben. Es hieß, er warte dort auf die Abholung durch das FBI – zusammen mit seinem und Karl Nilssons Handy. Es hieß, Ryder habe eine Schusswunde am Bein, die er sich zugezogen habe, als er Nilsson tötete. In dem Video war dieser Ryder Williams völlig nass – Gesicht und Kleidung. Aber in dieser Gegend hatte es seit ein paar Wochen nicht mehr geregnet. Austin hatte einen schrecklichen Gedanken: War der Mann dem Waterboarding unterzogen worden? Das würde seine Angst und seine durchnässte Erscheinung erklären. Aber ... Austin hatte einmal Waterboarding gesehen. Der Mann hatte geredet, aber nicht so wie dieser. Nicht so wach und eifrig, um ... um ... es schien, als wollte Williams jemandem unbedingt gefallen.

Und ... wer hatte das Video aufgenommen? Austin freute sich auf die Möglichkeit, einen Augenzeugen für diesen „Truth Teller" zu haben.

Fünf Stunden später hätte Special Agent Austin Wright eigentlich glücklich sein sollen. Der Junge war in Sicherheit. Er hatte die beiden eigentlichen Entführer und ein vollständiges Geständnis von einem von ihnen. Er hatte den Mann, der den Auftrag gegeben hatte, in Gewahrsam. Ein Sieg auf ganzer Linie.

Stattdessen hätte Austin am liebsten mit der Faust gegen die Wand geschlagen. Ryder Williams saß vor ihm in ihrem kotzgrünen Vernehmungsraum A. Er saß auf einem billigen Metallstuhl, sein Bein war verbunden und er trank Kaffee. Er hatte gerade für ihre versteckte Kamera alles aus dem Video nacherzählt. Er war sogar begierig darauf, alles zu erzählen. Aber es ergab alles keinen wirklichen Sinn.

Austin atmete tief ein und langsam wieder aus.

„Gehen wir das noch einmal durch", sagte er.

Williams nickte. „Klar. Okay. Aber sagen Sie mir zuerst – habt ihr den Jungen? War er noch an der Adresse, die ich Ihnen gegeben habe?"

Austin nickte. „Er ist in Sicherheit. Seine Familie ist auf dem Weg, um ihn abzuholen."

„Gut. Gut." Williams nickte noch mehrmals und nahm einen weiteren Schluck von seinem Kaffee.

„Helfen Sie mir, das zu verstehen, Ryder. Wenn Ihnen der Junge am Herzen liegt, warum waren Sie dann an seiner Entführung beteiligt?"

„Sehen Sie, genau das versuche ich doch, die ganze Zeit zu erklären. Das war mein altes Ich. Früher habe ich an niemanden außer mich selbst gedacht."

„Und der Grund für diesen Wandel zu Ihrem neuen Ich?"

„Ich glaube, der Junge war sozusagen der Tropfen, der das Fass zum Überlaufen gebracht hat. Nachdem wir ihn geholt hatten, wurde mir klar, dass ich das nicht mehr machen konnte. Ich musste mich ändern."

„Also sind Sie mit einer Waffe zu Karl Nilssons Haus gegangen?"

Williams' Blick schnellte nach links, dann nach rechts. Dann sah er Austin wieder direkt an.

„Ich dachte mir, ich liefere ihn gleich mit aus, wenn ich schon auspacke. Vielleicht bekomme ich dann etwas Entgegenkommen von euch. Verstehen Sie?"

„Aber Sie sind mit gezogener Waffe rein?"

„Na ja, klar. Ich renne doch nicht ohne meine Waffe in irgendein Haus. Und er hatte eine Schrotflinte! Er hat auf mich geschossen und ich auf ihn. Das ist doch Notwehr!"

„Und der Fangschuss in seinen Kopf danach?"

„Schauen Sie, das nennt man Instinkt – ich habe es getan, ohne nachzudenken. Danach, da habe ich beschlossen, reinen Tisch zu machen. Mein Leben zu ändern."

„Wer hat das Video von Ihnen gemacht?"

Williams presste die Lippen zusammen und schüttelte den Kopf.

„Wurden Sie bedroht?"

Williams bekam einen sehr seltsamen Ausdruck in den Augen und stieß ein Geräusch aus, das fast wie ein Schnauben klang. Dann sagte er: „Sie haben meine Aussage. Mehr habe ich nicht zu sagen." Dann legte er seinen Kopf auf den Tisch.

Austin kaufte ihm das einfach nicht ab. Er sagte: „Wenn Sie

bedroht wurden, sagen Sie es mir einfach, dann können wir Sie schützen."

Der Kopf bewegte sich nicht, aber Austin hörte ein weiteres Schnauben.

Nach irgendetwas suchend, sagte Austin: „Wir könnten Ihnen einen Psychiater besorgen, mit dem Sie reden können. Alles, was Sie ihm erzählen würden ..."

Williams' Kopf schoss nach oben. Er sagte: „Nein!" Er starrte Austin an, um sicherzustellen, dass sein „Nein" verstanden wurde. Er wiederholte es sogar. Dann legte er seinen Kopf wieder auf den Tisch.

Austin saß fassungslos da. Er hatte die pure Panik in den Augen des Mannes gesehen. Wegen eines Psychiaters?

Er wollte der Sache auf den Grund gehen. Er wollte diesen „Truth Teller" entlarven. Aber er konnte schon hören, was sein Chef sagen würde. „Sie haben den Jungen zurück. Sie haben alle Täter und ein Geständnis. Das ist ein großer Erfolg und Sie wollen daran herumpicken? Wie viele ungelöste Fälle haben Sie währenddessen?"

Er konnte sich vorstellen, wie er zu seinem Chef sagte: „Aber dieser Truth Teller. Mit dem stimmt etwas nicht."

Nein, er glaubte keine Minute, dass dieser „Truth Teller" in die Entführung verwickelt war. Alle Hinweise dienten dazu, den Plan zu vereiteln. Was ihm wirklich Sorgen machte, war, dass dieser „Truth Teller" einem Rächer sehr nahekam. Genau hier, in Tulsa, Oklahoma. Austin sah großes zukünftiges Unheil von diesem Kerl ausgehen.

Ryders Kopf blieb unten. Schließlich stand Austin auf. Zukünftige Probleme waren für die Zukunft. Im Moment hatte er genug andere Fälle zu lösen. Er sagte: „Wir lassen Ihre Aussage ausdrucken, damit Sie sie unterschreiben können, dann können Sie zurück in Ihre Zelle."

Ryder Williams hörte kaum zu. Als er endlich die Tür ins Schloss fallen hörte, seufzte er erleichtert auf. Allein ließ er sich noch einmal durch den Kopf gehen, was die Schlampe ihm gesagt hatte, nachdem sie die Aufnahme von ihm beendet hatte. Nachdem sie das Video an jemanden geschickt hatte.

„Hör mir jetzt gut zu, Ryder, denn das ist sehr wichtig. Deine ganze Zukunft hängt davon ab."

Er hatte aufgesehen. Er überlegte bereits, wie er sich aus der Sache mit der Aufnahme herauswinden könnte. Nötigung, nannte man das nicht so? Etwas, das man unter Zwang sagt, zählt nicht.

„Du überlegst gerade, wie du aus der Nummer wieder rauskommst, richtig?"

Er sah sie nur an.

„Aber das willst du wirklich, wirklich nicht. Wenn du das akzeptierst, könntest du wegen Entführung drankommen – aber du dürftest eine mildere Strafe bekommen, weil du mit dem FBI kooperierst. Die anderen Beteiligten identifizierst. Ihnen hilfst, den Jungen zu retten."

Sie nickte in Richtung von Karls Leiche. „Für den da kommst du wahrscheinlich sogar mit Notwehr durch. Du wirst eine Zeit lang einsitzen, aber du kommst wieder raus, wenn du noch jung genug bist, um es zu genießen. Du könntest dich sogar an mir rächen, wenn du wieder draußen bist – falls du dumm genug bist, es zu versuchen. Der Punkt ist, du wirst eine Wahl haben. Alles, was du tun musst, ist, bei dem zu bleiben, was du auf dem Band gesagt hast – aber ihnen sonst nichts zu geben.

„Oder ...", sagte sie und starrte ihn an, „du könntest eine sehr schlechte Entscheidung treffen. Du könntest ihnen von mir erzählen. Irgendetwas über mich. Sie werden dich hart rannehmen. Sie werden wirklich wissen wollen, wer die Kamera gehalten hat. Aber das müssen sie nicht wissen, um den Fall abzuschließen – das ist nur die Neugier der Cops. Irgendwann werden sie es aufgeben.

„Aber angenommen, du erzählst ihnen, dass ich ein Werwolf bin. Jeder weiß, dass es keine Werwölfe gibt. Stell dir vor, wie du ihnen das erzählst." Sie lachte. „Kannst du dir das ausmalen?"

Sie wartete. „Was würde passieren? Du würdest in eine psychiatrische Klinik eingewiesen werden. Niemand würde dir jemals glauben. Und in eine Psychiatrie eingewiesen zu werden, ist das Allerschlimmste, was dir passieren könnte.

„Warum? Weil ich in einem Krankenhaus leicht an dich herankomme. Die suchen händeringend nach Personal. Es gibt jede

Menge Jobs, die ich annehmen könnte. Du bist in einer psychiatrischen Klinik völlig – total – hilflos. Ich kann zu dir rein und wieder raus. Das ist nicht wie im Gefängnis.

„Du hältst deinen Mund über mich komplett geschlossen und ich lasse dich in Ruhe. Du kannst immer noch ein Leben haben. Du erwähnst mich auch nur und du wirst in die Klapse geschickt und ich werde dich holen kommen. Du wirst hilflos sein und mich nicht aufhalten können.

„Du weißt, dass Wölfe Fleisch lieben, oder? Wir fressen uns gerne daran satt. Zu deinem Glück hatte ich gerade eine große Mahlzeit zu mir genommen, bevor ich hierherkam. Aber trotzdem, als ich deinen Kopf in meinem Maul hatte – es war wirklich, wirklich schwer, nicht zuzubeißen. Ein Stück von dir abzureißen.

„Ich frage mich manchmal, wie viele Stücke man von einer Person abreißen und essen könnte – bevor sie stirbt. Ich schätze, vielleicht hundert. Oder mehr. Bei dir – es wäre sehr befriedigend, es auszuprobieren.“

Sie wandte sich dem Wolf an ihrer Seite zu. „Was meinst du, Jane? Würde das Spaß machen?“

Dieser Wolf ging direkt auf Ryder zu und starrte ihn an. Dann knurrte er. Zeigte seine Zähne.

Die Frau stand auf. Sie lächelte ihr beunruhigendstes Lächeln. „Du dachtest doch nicht, ich wäre die Einzige, oder? Es gibt viele von uns. Wahrscheinlich an die tausend allein in den Vereinigten Staaten. Einige von uns arbeiten als Krankenschwestern – das solltest du dir besonders gut merken. Ich kenne zwei, die Verwaltungsstellen beim FBI haben. Ich werde also wissen, was du ihnen erzählst.“

Sie und der Wolf gingen zur Tür. Sie drehte sich noch einmal zu Ryder um. „Versuch nicht, dir irgendeine Geschichte über mich auszudenken – sie werden dich bei Widersprüchen erwischen. Sag einfach absolut nichts – und du wirst noch ein Leben haben.“

„Und Jane und ich müssen uns jemand anderen zum Knabbern suchen.“

Sie streckte ihre Zunge heraus und fuhr damit einmal um ihren Mund. Auch die Zunge des Wolfes hing heraus. Dann winkte die Frau zum Abschied und sie gingen.

Ryder schauderte. Er würde seinen Mund halten – solange er in einem Gefängnis gefangen war. Und er würde sich von jedem Krankenhaus fernhalten.

Aber ... wenn er rauskam, könnte er sie sich schnappen. Vielleicht. Darüber musste er nachdenken. Jetzt, da er wusste, mit was für einem Freak er es zu tun hatte, konnte er sich einen Plan ausdenken. Er war sich ziemlich sicher, gelesen zu haben, dass Silber sie töten konnte. Er würde Zeit haben, sich einen wirklich guten Plan auszudenken.

8

Etwa zur selben Zeit war Sara wieder zu Hause, entspannte sich auf ihrem Sofa und kraulte Skidi den Rücken.

„Eintausend Werwölfe allein in den USA", sagte sie und lachte. „Das muss ich mir merken, um dem Nächsten einen Schrecken einzujagen." Sie schüttelte den Kopf. „Ich glaube nicht, dass es mir gefallen würde, wenn so viele von uns herumliefen. Aber es ist einsam, die Einzige zu sein.

Oder etwa nicht? Sicher muss es andere geben? Vielleicht ist es an der Zeit, dass ich versuche, das herauszufinden? Was meinst du?"

Skidi schnaubte sonst immer zustimmend auf Saras Fragen – aber nicht dieses Mal. Sie sah Sara nur eindringlich an. Dann schloss sie die Augen und streckte sich unter Saras Kraulen.

Sara beobachtete sie nachdenklich.

„Du könntest recht haben", sagte sie. „Es gibt eine ganze Menge Möglichkeiten, wie die Suche nach einem anderen Werwolf richtig, richtig übel ausgehen könnte."

ENDE

AMATEUR-ATTENTÄTER

EINE WOLFLADY-KRIMI-NOVELLE

SUE DENVER

Amateur-
Attentäter

1

VON SUE DENVER

Die Werwölfin Sara Flores saß in der New Yorker U-Bahn-Linie 4 und war auf dem Weg dorthin, wo sie die Staten Island Ferry nehmen konnte, um die Freiheitsstatue vom Wasser aus zu sehen. Das stand ganz oben auf ihrer To-do-Liste für ihren ersten Urlaub seit über einem Jahr.

Sie war *nicht* mehr im ländlichen Oklahoma – die Kakofonie der Sinneseindrücke war überwältigend. Ihre Ohren bluteten wahrscheinlich schon von dem hohen, lauten Kreischen der Zugbremsen. Sie hatte mit Sicherheit einen blauen Fleck an der Schulter, weil sie beim Einsteigen gegen eine Stange geknallt war. Sie begriff, dass U-Bahn-Fahren wie Autoscooter war und man sich entweder hinsetzen oder an etwas festhalten musste.

Und dann war da noch ihre Nase ...

Die Reizüberflutung für die Nase hatte schon im Flugzeug auf dem Hinflug begonnen. Sie hatte neben jemandem gesessen, der Nachhilfe im Hinternabwischen gebraucht hätte. Während alle Gerüche wundervoll waren, wenn sie in Wolfsgestalt war, waren manche in ihrer menschlichen Gestalt wirklich widerlich.

Davon gab es auch in diesem U-Bahn-Waggon einiges – rechts von ihr ein Hauch von Urin und dahinter ein paar Moleküle von tagealtem Erbrochenem. Wahrscheinlich alles gut genug für rein menschliche Nasen weggewischt.

Aber es gab hier auch Vergnügen für ihre Nase. Gerade sortierte sie die Fahrgäste in Fleischesser und Vegetarier und unterteilte die Fleischesser weiter in diejenigen, die ihr Fleisch würzten, anstatt den schlichten Steak-und-Kartoffel-Geruch der meisten Leute aus Oklahoma zu verströmen.

Die Bremsen kreischten, als der Waggon ruckartig zum Stehen kam. Zwei Leute standen auf und verließen den Zug. Nur eine Person stieg ein, aber Saras Kopf schnellte zu der kleinen schwarzen Frau, als würde er von einem Magneten angezogen.

Die Frau stank nach Angst.

Nichts – absolut nichts – fesselte die Aufmerksamkeit von Saras Wolf so sehr wie Angst.

Die Frau sah aus, als könnte sie sich jeden Moment umdrehen und weglaufen. Stattdessen ging sie in den Waggon und setzte sich auf einen Platz gegenüber von Sara und etwa acht Meter entfernt. Sie senkte den Kopf, aber ihre Augen huschten verstohlen nach links und rechts. Als wollte sie keine Aufmerksamkeit erregen, sich aber alles einprägen, was sie sah.

Sie war sehr zierlich – nicht größer als 1,50 m. Attraktiv. Sara konnte ihr Alter nicht gut schätzen – sie war vielleicht in den Vierzigern. Ihr Haar war naturbelassen und umspielte ihr Gesicht.

Saras Wolf fand sie faszinierend.

Die Frau war sehr dünn – aber nicht auf modische Weise. Dünn, als bekäme sie nicht genug zu essen. Als würde es ihre Gesundheit beeinträchtigen.

Vielleicht passten ihre Kleider deshalb nicht richtig? Gekleidet war sie ähnlich wie einige andere Frauen im Waggon. Sie trug einen langen Rock, der ein paar ungewöhnlich aussehende Turnschuhe verdeckte. Eine leichte Jacke – passend für das Wetter Anfang Oktober.

Die Kleidung war abgetragen – aber nicht von ihr selbst. Als ob jemand anderes sie bis vor Kurzem getragen hätte.

Ihre Angst war für Saras Wolf wie Katzenminze.

Bevor sie sich zurückhalten konnte, stand Sara auf. Sie griff nach der Metallstange, die sich über die gesamte Länge des Waggons zog, um sich gegen die schwankende Bewegung abzustützen. An der Stange entlang ging sie – lässig, wie sie hoffte – auf die Frau zu und wich dabei anderen Fahrgästen aus, die sich an den Halteschlaufen festhielten.

Der Zug machte eine ruckartige Kurve und sie fiel beinahe einem jungen Schüler mit Pickeln und einem riesigen Rucksack zu seinen Füßen in den Schoß. Er war irgendwo in Gedanken versunken, die Augen glasig, und bemerkte sie nicht einmal.

Schließlich stolperte sie an der mysteriösen Frau vorbei zu einem U-Bahn-Netzplan an der Wand. Sie fuhr mit dem Finger die Strecke nach, auf der sie unterwegs waren – um so zu tun, als hätte sie deswegen ihren Platz gewechselt. Und sie atmete durch die Nase ein.

Die Angst war stark, aber da war noch ein anderer Geruch, den sie zuvor übersehen hatte. Subtiler. Etwas, das nicht Angst war. Eher so etwas wie Entschlossenheit – oder Entschiedenheit. Sara betrachtete sie aus den Augenwinkeln.

Die Zähne der Frau waren zusammengebissen und ihr Gesicht ... war interessant. Ihr Kopf war gesenkt und ihre Schultern waren eingezogen – alles Anzeichen von Angst und dem Versuch, mit der Tapete zu verschmelzen. Aber ihre Augen passten nicht zum Rest ihrer Körpersprache. Sie musterten alles. Schätzten alles ein. Als ihre Augen zu Sara wanderten, richtete Sara ihren Blick nach vorn auf die Karte. Sie achtete sorgfältig darauf, ihre Augen nicht zu der Frau zu bewegen – sondern nutzte nur ihre periphere Sicht. Sie sah, wie die Augen der mysteriösen Frau auf ihr innehielten. Pausierten. Sie musterten. Dann wanderten sie weiter.

Es waren fast die Augen eines Bullen!

Sara drehte sich um und kehrte zu ihrem Platz zurück, wobei sie einen weiteren tiefen Atemzug nahm, um den Geruch aufzunehmen, als sie an der Frau vorbeiging. Sie entdeckte ein weiteres Rätsel an der Frau – ihren „Du-bist-was-du-isst"-Geruch. Er unterschied sich von dem aller anderen Fahrgäste. Sie roch weder nach einer Fleischesserin noch nach einer Vegetarierin. Was zum Teufel aß diese Frau?

Wieder auf ihrem Platz, überlegte Sara. Eine Frau, die sowohl verängstigt als auch entschlossen war. Konnte sie eine Terroristin sein? Das ergab Sinn – aber es gab keinen Geruch von Sprengstoff.

Sara kannte den Geruch von Sprengstoff, weil sie einen Freund hatte, der Hunde für die Polizei von Tulsa ausbildete. Sara hatte dafür gesorgt, dass sowohl sie als auch ihr Wolfshund Skidi Sprengstoff am Geruch erkennen konnten.

Der U-Bahn-Wagen quietschte erneut und fuhr in die Wall Street Station ein. Die seltsame Frau stand auf und verließ den Wagen. Sara stand auf und folgte ihr hinaus.

Die mysteriöse Frau beunruhigte sie. Die Staten Island Ferry konnte warten.

2

Sobald sie oben auf Straßenniveau war, überprüfte die mysteriöse Frau die Straßenschilder – Williams und Pine Street – und sah auf einen Zettel in ihrer Tasche. Dann ging sie auf der Williams Street nach Norden, wobei sich ihre kurzen Beine sehr schnell bewegten, um mit der Menschenmenge Schritt zu halten.

Sie ging gebückt, den Kopf zwischen die Schultern gezogen und den Blick irgendwo zwischen dem Boden und geradeaus gerichtet. Das allein war nicht ungewöhnlich. Sara sah einige New Yorker, die so liefen. Aber die Frau drehte auch ihren Kopf von einer Seite zur anderen, als ob sie nichts verpassen wollte.

Sara sah auch viele Touristen, die sich überall umsahen – die nichts verpassen wollten. Aber diese Touristen gingen nicht gebückt. Und sie blickten oft nach oben, oben, oben zu den Wolkenkratzern. Die mysteriöse Frau schaute nie höher als bis zu den Straßenschildern.

Touristin oder Einheimische? Sara tendierte zu Letzterer, da die Frau zielstrebig und schnell ging, als wäre sie auf dem Weg zu einem Treffen. Aber dann blickte die Frau auf etwas Klobiges in ihrer Hand – ihr Handy?

Sie ging durch einen kleinen, dreieckigen Park mit Bänken.

Plötzlich setzte sie sich auf eine davon und drehte den Kopf, um die Leute, die hinter ihr gegangen waren, genau zu mustern.

Sie prüft, ob sie verfolgt wird!, dachte Sara, ließ sofort ihren Blick glasig werden und ging weiter geradeaus, als wäre sie in Gedanken versunken.

Einen halben Block weiter sah Sara einen Souvenirladen und betrat ihn dankbar. Sie sah Baseballkappen der Yankees. Die Kappe war eine gute Idee, aber sie konnte einfach keine Yankees-Kappe tragen. Sie hatte in drei Städten gelebt, darunter Tulsa, und deren Baseballfans hassten alle die Yankees. Glücklicherweise führte der Laden auch andere Mannschaften.

Mit einer N.Y. Mets-Kappe auf dem Kopf überquerte Sara die Straße zu einer begrünten Ecke vor einem riesigen Bürogebäude. Sie hob eine weggeworfene Zeitung auf und setzte sich dann auf eine Bank, von der aus sie über die Ecke hinweg zurück zu der Parkbank sehen konnte, auf der die Frau immer noch saß. Menschenschwärme zogen an ihr und der Frau vorbei. Aber alle paar Sekunden konnte sie sie sehen.

Sara fand die Frau nicht mehr amüsant. Jemanden zu durchschauen, der fehl am Platz wirkte, war etwas ganz anderes, als jemanden zu verfolgen, der prüfte, ob er verfolgt wurde. Vielleicht war diese Frau wirklich eine Terroristin.

Für den Bruchteil einer Sekunde dachte sie darüber nach, die Polizei zu kontaktieren – aber das war lächerlich. Sie konnte sich schon hören, wie sie einem Beamten sagte: „Es ist ernst, weil sie falsch riecht." Sie schüttelte den Kopf.

Dreimal sah Sara, wie die mysteriöse Frau ihr Gerät überprüfte und es dann wegsteckte. Endlich – endlich! – stand die Frau auf und ging weiter die Williams Street hinauf. Sara ließ ihr einen halben Block Vorsprung und folgte ihr dann.

Sie gingen beide sechs Blocks, bis die Straße an der Pace University in einer Sackgasse endete, wo die mysteriöse Frau links abbog. Sie überquerte ein lautes Gewirr von Straßen, die aus allen Richtungen zusammenliefen, und bog dann an einer weiteren Sackgasse rechts ab.

Das ist doch lächerlich, dachte Sara. *Es gibt U-Bahn-Haltestellen, die viel näher hier dran sind als die, die sie benutzt hat.*

Als auch Sara um die Ecke bog, sah sie die Frau auf der anderen Straßenseite. Sie stand an einem Zaun und sprach mit einem Polizisten, der anscheinend das Tor zu einem Park vor dem New Yorker Rathaus bewachte.

Der Anblick war ein wenig komisch – die Augen der winzigen Frau befanden sich nicht viel höher als der Gürtel des Mannes. Er war ein großer, kräftiger, rothaariger Ire, der mindestens doppelt so viel wiegen musste wie sie – vielleicht sogar dreimal so viel, wenn man die Pistole, den Schlagstock, den Taser, das Funkgerät, die Handschellen und die andere Ausrüstung, die er trug, mitrechnete.

Trotzdem lieferte sie sich ein Wortgefecht mit ihm, von Angesicht zu Angesicht, oder besser gesagt von Angesicht zu Gürtel? Sie stand mit beiden Beinen fest auf dem Boden und stritt.

Zeit für eine unüberlegte Handlung, dachte Sara, als sie direkt auf das Tor zuging.

Sie lächelte. „Was ist denn hier das Problem?", fragte sie in ihrer „hilfsbereite-Passantin"-Rolle.

Die mysteriöse Frau schrak zusammen und drehte sich um, wobei sie reflexartig einen Schritt von Sara zurückwich. Dann verengten sich ihre Augen. Sie öffnete den Mund, um etwas zu sagen, überlegte es sich aber anders und schloss ihn wieder.

Der stämmige Beamte sah Sara an. „Dieser Bereich ist für die Öffentlichkeit gesperrt", sagte er zu ihr.

Sara blickte hinüber zu den Stufen, die zum Gebäude führten. Dort tummelten sich vielleicht zwanzig Leute, darunter auch einige Pressevertreter. Zwei Personen verteilten Wahlkampfschilder mit dem Namen Fletcher darauf.

Endlich sprach die mysteriöse Frau. Sie hatte eine volle Stimme – zu kraftvoll und tief für ihre winzige Statur. „Corbin Fletcher gibt bekannt, dass er für den US-Senat kandidiert. Ich bin die Öffentlichkeit, also darf ich das sehen."

„Meine Dame", sagte er mit übertriebener Geduld, „wie ich Ihnen schon sagte, das hier ist nur ein Fototermin. Die buchen hier jede Stunde einen neuen, weil die Politiker ihr Foto auf der Treppe haben wollen. Niemand kommt da rein ohne einen Pass vom

Wahlkampfteam. Kein Pass, kein Einlass. Wenn Sie ihn sehen wollen, warten Sie, bis er irgendwo richtig auftritt."

Sara fragte sich, was die Frau von Fletcher wollte. Sie dachte, dass sie vielleicht dabei sein sollte, wenn die Frau ihm tatsächlich nahekam. Sie wandte sich an den Polizisten und fragte: „Gibt es vielleicht einen Ausgang, den alle benutzen? Vielleicht könnten wir ihn dann sehen?"

„Sie auch?" Er sah Sara stirnrunzelnd an.

„Ach", sagte Sara, „vielleicht wird er eines Tages Präsident. Dann könnte ich meinen Kindern erzählen, dass ich ihn getroffen habe."

„Jaja, schon klar", sagte er abweisend. „Am nächsten kommen Sie ihm da oben an der Centre Street. Seine Limousine wird wahrscheinlich dort entlangfahren."

„Nein danke", sagte die Unbekannte. Sie drehte sich abrupt um und ging schnell davon.

Sara erstarrte. Das war's dann wohl damit, sich mit der Frau anzufreunden. Schlimmer noch: Sie konnte ihr jetzt nicht folgen, nachdem sie sich zu erkennen gegeben hatte.

„Ist mit ihr alles in Ordnung?", fragte der Polizist.

„Ich weiß es nicht", sagte Sara.

3

Eine Stunde später stand Sara auf dem offenen Bug der Staten-Island-Fähre, die durchs Wasser pflügte. Es war das beste Touristenangebot der Stadt, da eine Rundfahrt etwa eine Stunde dauerte und kostenlos war. Die Aussicht war spektakulär – und sie umfasste auch die Freiheitsstatue. Bei ihrem Anblick machte ihr Herz einen Satz.

Ja, Sara wusste, dass die Gründerväter nicht erwartet hatten, dass diese Freiheiten für Frauen oder Schwarze gelten würden. Aber das Ziel der Freiheit – so beredt ausgedrückt durch das Licht in der Hand von Lady Liberty ... Sara fühlte eine leise Ehrfurcht.

Sie trat aus der Kabine und lehnte sich an die Reling, während sie die Menschen beobachtete, die wie Mäuse über die Insel krabbelten, auf der die Statue stand. Sie sah zu, wie Möwen im Kielwasser des Schiffes dahinglitten. Sara atmete tief ein und genoss all die Gerüche von Wasser und Leben um sie herum – alles neu für jemanden, der noch nie zuvor den Ozean gesehen hatte.

Sara ging zum Heck des Schiffes und fand eine abgelegene Stelle. Sie zog ihr abhörsicheres Handy heraus, um Mason Spencer in Zentral-Pennsylvania anzurufen.

Mason war ein 23-jähriges Computergenie, zur Hälfte Lupiti, und seit Kurzem ihr Tech-Guru. Vor zwei Jahren hatte Sara sein Leben vor einem Mann gerettet, der es ihm tödlich übelnahm, dass Mason ihn gehackt hatte. Seitdem hatte Mason sie unentwegt bekniet, sich ihren Missionen anschließen zu dürfen. Sie hatte erst vor drei Monaten zugesagt, nachdem er seinen Collegeabschluss gemacht hatte.

Sara machte sich Sorgen, dass er sich zu sehr in das verstricken würde, was aus ihrem Leben geworden war. Aber sie brauchte seine Fähigkeiten wirklich.

„Ich habe es vermasselt", sagte sie. „Ich dachte, ich würde mehr herausfinden, wenn ich bei ihr bleibe, aber ich habe viel weniger erfahren. Danach konnte ich ihr nicht mehr folgen."

Sara schickte Mason das beste der nicht sehr guten Handyfotos, die sie vom Gesicht der Frau gemacht hatte.

„Während du das durchlaufen lässt", fügte sie hinzu, „kannst du alles ausgraben, was du über diesen Corbin Fletcher finden kannst? Vor allem alles darüber, was er heute und morgen vorhat oder wahrscheinlich tun wird."

Drei Stunden später war Sara gerade dabei, für das Abendessen nach einem Restaurant zu suchen, als Mason sich bei ihr meldete.

„Das Beste, was ich für Fletcher für heute Abend habe, ist eine Vermutung", teilte er ihr mit. „Es steht nichts im Kalender – aber er wurde bei zwei früheren Vernissagen in der Bettleman Gallery in SoHo fotografiert. Heute Abend eröffnen sie dort eine Ausstellung eines aufstrebenden neuen Künstlers namens Rashid Guzman."

„Fletcher hat sich gerade von einer Frau getrennt, die Miteigentümerin der Galerie ist – ihr Name ist Clary Livingston. Ich weiß nicht, ob das die Wahrscheinlichkeit erhöht – oder verringert –, dass er hingeht."

„Einen Versuch ist es wert", sagte Sara. „Oder ... etwa nicht? Suche ich nach Ärger, wo keiner ist? Ich meine ... ich soll doch im Urlaub sein!"

„Vertrau auf deinen Instinkt", sagte Mason. „Er ist der beste, den ich je erlebt habe. Und ... hier läuten die Alarmglocken – ich konnte das Gesicht dieser Frau nirgends finden. Das Nächste war eine 90-prozentige Übereinstimmung – und das ist sie nicht."

„Wo hast du die Suche laufen lassen?"

„Überall – deshalb habe ich so lange gebraucht, dich anzurufen.

Ich habe sogar die Einreisen in die USA in den letzten drei Wochen durchforstet. Nichts."

„Ist das unerwartet?", fragte Sara.

„Wenn sie weiß wäre, müsste sie schon ein Alien aus dem Weltall sein, um nicht gefunden zu werden. Aber bei den Gesichtern von Schwarzen ist die Gesichtserkennung nicht so zuverlässig – die Firmen haben geschlampt. Polizisten haben schon den falschen Mann aufgrund fehlerhafter Übereinstimmungen verhaftet. Aber trotzdem – ich hätte sie finden müssen."

„Es ist, als hätte sie bis heute nicht existiert."

Sara sagte: „Ich habe dieses nagende Gefühl, dass Fletcher wegen ihr in Gefahr ist. Ich schätze, ich gehe zu einer Vernissage."

4

Die Bettleman Gallery befand sich mitten in einem Häuserblock in der Grand Street. Ihre drei großen, bodentiefen Fenster wurden von weißen korinthischen Säulen unterteilt, die im Schein der Straßenlaternen hell leuchteten, die gerade um achtzehn Uhr angegangen waren. Eine weiße Feuerleiter war hochgezogen und zwischen dem ersten und zweiten Stock befestigt. Sara fragte sich, ob sie in menschlicher Gestalt so hoch springen könnte.

Warum hatte sie ihre Grenzen eigentlich noch nicht ausgetestet?

Sowohl Frauen in umwerfenden Abendkleidern als auch Frauen in zerrissenen Jeans mit zu viel schwarzem Augen-Make-up gingen hinein – allein oder in Begleitung von Männern, die neben ihren prachtvollen Frauen beinahe wie eine Kulisse wirkten.

Sara fand ein kleines, unscheinbares Café auf der gegenüberliegenden Straßenseite. Nachdem sie sich vergewissert hatte, dass die geheimnisvolle Frau nicht drinnen war, suchte sich Sara einen Tisch, von dem aus sie die Tür und die Fenster der Galerie im Blick hatte.

Sie hatte ein Bild von Clary Livingston, der Ex-Freundin von Corbin Fletcher, heruntergeladen. Sie konnte Clary jetzt sehen – wie sie mitten im Raum der Galerie stand, durch die riesigen Fenster hell erleuchtet. Sie war eine eisblonde Frau Ende zwanzig, die aussah, als käme ihre Familie aus bestem Hause. Sie begrüßte die Leute, die die Galerie betraten, und stand dabei neben einem umwerfenden schwarzen Mann, dessen Haare zu Cornrows geflochten waren und der ganz in schwarze Designerkleidung mit einer silbernen Krawatte gekleidet war. Sara vermutete, dass er der Künstler war. Das Paar gab ein eindrucksvolles Empfangskomitee ab.

Die Vernissage war von 18 bis 20 Uhr angesetzt. Sara sah keine Spur von der geheimnisvollen Frau oder von Fletcher, bis kurz vor acht eine Limousine vorfuhr. Sie sah Fletcher aussteigen – er sah genauso aus wie auf seinen Wahlkampfbildern. Sehr Ivy League – etwa zehn Jahre nach dem College. Auf eine nichtssagende Art gut aussehend – 1,80 Meter groß, braunes Haar, die Ausstrahlung der privilegierten Elite –, aber mit ein wenig zusätzlichem Fleisch, das seine Wangen aufpolsterte und seine Wangenknochen verbarg.

Er war mit einem Assistenten unterwegs, Bertie Wilkinson, der auf fast jedem Foto zu sehen war, das Sara von Fletcher gefunden hatte – als wären sie siamesische Zwillinge. Bertie hätte ein billiges Double für Fletcher sein können – ähnliches Aussehen, nur dass er kleiner, weniger attraktiv und noch aufgedunsener war, um etwa zwanzig Kilo.

Die beiden blieben auf dem Bürgersteig stehen, als die Limousine davonfuhr. Sie blickten durch die Fenster auf Clary und Rashid.

Fletcher erstarrte für vier oder fünf Sekunden. Dann straffte er die Schultern und betrat mit seinem Assistenten/Freund die Galerie. Sara konnte ihn fast mit den Zähnen knirschen hören.

Sara hielt erneut nach der geheimnisvollen Frau Ausschau, aber sie war nirgends zu sehen. Sara stand auf und ging zum Fenster des Cafés. Sie beobachtete, wie Fletcher und sein Kumpel auf Clary und Rashid zugingen. Sie schüttelten keine Hände. Ein paar Worte wurden gewechselt. Sara konnte nur die Rücken der beiden Männer sehen, aber sie sah, wie Clary und Rashid beide höflich blieben – und unecht lächelten.

Dann bogen die beiden Männer ab. Fletcher bewegte sich durch die Galerie, begrüßte andere Besucher, klopfte ihnen auf den Rücken und gab sich wie ein Politiker auf Stimmenfang. Sein Assistent folgte ihm im Kielwasser.

Sara verließ das Café, als die beiden Männer gingen. Sie sah sie zur Ecke gehen, wo die Limousine wartete, und sah sie darin einsteigen. Sie überlegte, sich ein Taxi zu schnappen und dem Fahrer zu sagen, er solle der Limousine folgen, aber etwas hielt sie davon ab.

In der Galerie flackerten die Lichter auf und bald verließen die Besucher den Ort. Sara überlegte, für heute Schluss zu machen. Die geheimnisvolle Frau schien wie vom Erdboden verschluckt zu sein.

Die Lichter der Galerie erloschen. Clary und Rashid kamen mit einem dünnen, weißen Mann mit einem Wust zurückgegelter Haare heraus. Er schloss die Tür hinter ihnen ab, rief sich dann ein Taxi und fuhr davon. Clary und Rashid machten kehrt, um Hand in Hand davon zu schlendern. Das Wetter war schön für einen Spaziergang – aber bei den hohen Absätzen von Clarys Schuhen schätzte Sara, dass ihr Ziel ganz in der Nähe liegen musste.

Sara folgte ihnen mit einem Abstand von einem halben Block. Die beiden sahen glücklich miteinander aus. Eine neue Liebe. Sara erinnerte sich daran aus ihrer gescheiterten Ehe – all dieser Glanz, der die Welt in ein eigenes kleines Märchenland verwandelt. Sie wünschte dem Paar mehr Glück, als sie gehabt hatte.

Das Paar ging anderthalb Häuserblocks weit, vorbei an meist geschlossenen Geschäften und zwei Obdachlosen, die in Hauseingängen schliefen. Auf halber Strecke bogen sie zu einem der Gebäude ab und begannen, in ihren Taschen zu kramen.

Sara ging weiter, aber langsamer. Sie sah sich um und bemerkte niemanden sonst auf der Straße.

Das Gebäude auf der gegenüberliegenden Straßenseite hatte einen interessanten architektonischen Schnickschnack, der Sara gefiel. Sie wollte ihren Kopf gerade wieder dem Paar zuwenden – als sie sah, wie sich das Gebäude bewegte. Oder vielmehr, wie eine Gestalt aus dem Schatten des Gebäudes trat, wo sie gelauert hatte.

„Er" – weil sich die Gestalt als Corbin Fletcher entpuppte.

Sara blickte über die Straße und sah das Paar im Gebäude verschwinden. Sie schaute zurück zu Fletcher. Er stand einfach nur da, regungslos – aber irgendwie vibrierte er vor Energie. Sie ging von ihm aus, als wäre er ein Stück Uran, das Strahlung abgab.

Kein gutes Zeichen! Sara sah ihm etwa eine Minute lang zu, wie er dastand.

Sie war langsam weitergegangen und war jetzt vielleicht dreißig Meter von der Stelle entfernt, an der das Paar hineingegangen war. Fletchers Kiefer spannte sich an und er stürzte los. Er bemerkte sie nicht einmal, als er die Straße überquerte und nach der Tür griff, die das Paar benutzt hatte. Er riss sie auf und verschwand im Gebäude.

Sara wurde schneller.

Ein obdachloses Bündel aus Lumpen, das gleich hinter dem Gebäude des Paares an der Straße gekauert hatte, stand plötzlich auf und warf seine schmuddelige Decke ab. Sara hatte in New York schon mehrere Obdachlose gesehen, die an Gebäuden hockten. Sie hatte aber noch nie einen gesehen, der so etwas tat.

Überraschung – der Obdachlose entpuppte sich als die sehr kleine, geheimnisvolle Frau, die sich schnell auf die Tür zubewegte, durch die Fletcher gegangen war.

Sara blieb wie angewurzelt stehen, vor Überraschung wie erstarrt.

Die geheimnisvolle Frau sah Sara und erkannte sie. Auch sie erstarrte – ihr Gesicht spiegelte Schock und Verwirrung wider. Dann schüttelte sie nachdrücklich den Kopf in Saras Richtung und sagte: „Nein. Gehen Sie weg." Und sie eilte Fletcher hinterher in das Gebäude.

Was zum Teufel ist das hier?, dachte Sara. *Ist das hier der Hauptbahnhof?*

Auch Sara fing an zu rennen. Etwa eine Minute später ging sie durch die Tür.

Der Eingangsbereich war eng, aber sauber. An einer Wand reihten sich die Briefkästen der Wohnungen aneinander. Sara konnte auf diesem Stockwerk vier Wohnungstüren und eine altmodische Treppe, die nach oben führte, erkennen. Sie begann, die Briefkästen abzusuchen, auf der Suche nach Livingston oder Guzman. Sie wusste nicht, wohin sie gehen sollte. Dann hörte sie leise, knallende Geräusche. Sieben an der Zahl.

Das Geräusch einer schallgedämpften Pistole. Von oben.

5

Sara raste eine Treppe hinauf, machte auf dem Treppenabsatz kehrt und eilte in den zweiten Stock. Hier gab es ebenfalls vier Türen, aber eine davon stand offen. Sara hastete dorthin.

Sie steckte den Kopf in ein elegantes Wohnzimmer mit eierschalenfarbener Grastapete und einem dunkelvioletten Sofa, das groß genug für eine ganze Familie war. An den Fenstern hingen blass lindgrüne Seidenvorhänge. Auf dem Boden lag ein prächtiger türkischer Teppich.

All dieses geschmackvolle Design wurde von dem Anblick eines Massakers im Raum überschattet. Sechs Leichen lagen im Zimmer verstreut. Niemand stand mehr.

Der Gestank war unglaublich. Sara mochte den Geruch von Blut – er war reichhaltig und voller subtiler Elemente. Auf den Fäkaliengeruch, der den Tod stets begleitete, hätte sie aber verzichten können – bitte!

Da war ein älteres schwarzes Paar, das ihr vorhin in der Galerie aufgefallen war. Sie waren elegant gekleidet und sahen aus, als wären sie in den Fünfzigern. Jeder hatte einen großen roten Fleck genau dort, wo sein Herz war. Beide waren von den Schüssen zurückgeworfen worden und lagen auf dem türkischen Teppich. Das

Blut war aus ihnen herausgeströmt und hatte jeden von ihnen mit einem Kreis umgeben. Aber es hatte bereits aufgehört zu fließen.

Clary und Rashid lagen nebeneinander, halb auf dem polierten Eichenboden, halb an eine Wand gelehnt. Jeder hatte wie das ältere Paar einen Schuss ins Herz, aber beiden war auch direkt ins Gesicht geschossen worden. Als hätte man sie auslöschen wollen. Sara war sich nur aufgrund ihrer Kleidung und ihrer einzigartigen Haare sicher, dass sie es waren – ihre blonden Strähnen mit seinen Cornrows vermischt, beide nun rot getränkt.

Fletcher lag auf dem Rücken nahe dem vorderen Fenster. Er lag ausgestreckt da und sah tot aus, aber sie konnte kein Blut an ihm sehen. Was sie stattdessen sah, war eine Pistole mit Schalldämpfer, die heruntergefallen war. Neben seiner rechten Hand.

Mystery Woman lag der Tür am nächsten. Sie hatte einen Bauchschuss, aber sie war noch am Leben. Neben ihrer rechten Hand lag ein langes, dünnes Messer.

Sara ging dorthin, wo Fletcher lag. Sie beugte sich hinunter und legte einen Finger an seinen Hals. Sein Herz schlug gleichmäßig. Er atmete.

Sara sah, wie Mystery Woman sich aufsetzte – das Gesicht schmerzverzerrt – und ihr Messer aufhob. Sie begann, zielstrebig auf Sara zuzukriechen, und keuchte bei jeder Bewegung. Sara ging auf sie zu, aber die Frau wich aus. Sie kroch tatsächlich auf Fletcher zu – ihre Augen waren auf ihn geheftet. Sie kroch, als hinge ihr Leben davon ab.

„Du brauchst eine Ärztin", sagte Sara zu ihr. Sie zog ihr Handy heraus, aber die Frau unterbrach sie.

„Nein!", sagte sie mit einem schnellen, durchdringenden Blick zu Sara. Dann setzte sie ihr verzweifeltes Kriechen fort. „Ich darf hier nicht gefunden werden. Zuhause sowieso tot. Muss meine Mission beenden."

Mystery Woman erreichte Fletcher und atmete tief durch. Sie rutschte näher und setzte sich auf – die Augen auf ihre Schuhe gerichtet. Ganz beiläufig. Dann, schneller als eine Schlange, hob sie ihre Hand mit dem Messer – fest entschlossen, es so tief wie möglich in Fletchers Herz zu stoßen.

Sara hatte dies halb erwartet, aber es erforderte dennoch ihre ganze Geschwindigkeit, um die Hand der Frau zu packen, bevor das Messer in seinen Körper eindringen konnte. Die Frau war stark. Sehr stark für ihre Größe und ihr geringes Gewicht. Aber Sara hatte Wolfsstärke. Das war kein echter Kampf.

Tränen schossen der Frau in die Augen, aber sie wehrte sich trotzdem. Bis ... Sara sehen konnte, wann die Frau erkannte, dass ihre Kraft nicht ausreichte.

„Du musst mich lassen", flehte sie Sara an – als wäre es das Wichtigste auf der ganzen Welt. „Er muss sterben."

„Warum?", fragte Sara.

Frustration brannte in den Augen der Frau. Es sah so aus, als ob sie nach Worten rang. Sie seufzte entnervt – als wäre es unmöglich zu erklären.

„Warum? Siehst du nicht, was er getan hat?"

Sie deutete mit der Hand auf die vier Leichen auf dem Boden. Und auf sich selbst.

„Ja", stimmte Sara zu.

„Siehst du, dass er auch Guzmans Eltern getötet hat? Die Browns bedeuten ihm nichts."

„Browns?"

„Die Leute. Du und ich. Alle außer den Patriarchen."

Sara runzelte die Stirn. „Dafür kommt er ins Gefängnis."

„Nein!", sie schüttelte den Kopf. „Er kommt damit durch."

„Auf keinen Fall", sagte Sara. „Es gibt zu viele Beweise. Und ... warum liegt er einfach hier? Was ist mit ihm los?"

„Ich habe ihn betäubt. Konnte keine Waffe mitbringen. Brauchte Hilfe. Aber er war schnell. Hat mich im Fallen angeschossen. Ich habe einen Fehler gemacht."

Plötzlich riss sie die Augen auf. „Oh, Verdammt! Er kommt!"

Die Frau versuchte, ihre rechte Hand in die Tasche zu stecken. Sara hielt den Arm der Frau fest umklammert und hinderte sie daran. Was auch immer die Frau in ihrer Tasche wollte, sollte wohl besser dort bleiben.

Die Frau blickte plötzlich auf Fletchers Waffe und wand sich in

Saras Griff, wobei sie versuchte, über seinen Körper zu hechten, um an sie heranzukommen. Sara unterband auch das.

„Okay", sagte die Unbekannte verzweifelt. „Nimm du die Waffe. Schnell. Schütz dich."

„Ich fasse diese Waffe nicht an. Sie beweist, dass Fletcher diese Leute erschossen hat."

„Du brauchst sie!", flehte die Unbekannte. „Bitte!"

An der Türschwelle waren Schritte zu hören.

„Zu spät", sagte sie.

Fletchers Freund und Assistent – Bertie – betrat den Raum. Er blickte zuerst auf Fletcher, der dort lag. Dann ließ er seinen Blick über all das Blut und die Leichen schweifen. Er sah Sara und die Unbekannte an, dann rannte er zu Fletcher und stieß beide Frauen zur Seite. Er kniete neben Fletcher nieder, um seinen Puls zu fühlen – und wirkte erleichtert, als er einen fand. Dann öffnete er Fletchers Jacke und suchte nach Wunden.

„Was ist hier passiert?", fragte er.

„Ihr Freund hat vier Menschen getötet und auch sie hier erschossen", sagte Sara und zeigte auf die Unbekannte. „Das ist passiert."

„Ist Fletcher verletzt?"

„Sie sagt, er sei nur betäubt. Ich schätze, er wird bald aufwachen."

Sara konnte sehen, wie die Gedanken hinter Berties Augen rasten. Sie wartete ab, was er tun würde.

Bertie musste zu einem Schluss gekommen sein. Er nickte sich selbst zu. Er stand auf und blickte aus dem vorderen Erkerfenster. Dann schaute er in den Flur hinaus. Er kam wieder herein, schloss die Tür und ging zurück zu Fletcher.

Er hob Fletchers schallgedämpfte Waffe auf, richtete sie auf Sara und drückte immer wieder ab. Zwei Kugeln trafen sie in die Schulter und ließen sie zu Boden krachen.

Sara schrie vor Schmerz und Schock auf. „Was zum Teufel ist los mit Ihnen?"

Bertie hielt die Waffe weiter auf Sara gerichtet und drückte erneut ab. Und noch einmal. Aber das Magazin musste leer sein. Nichts geschah.

Er richtete die Waffe auf die Unbekannte und drückte erneut ab – immer noch ohne Erfolg –, bevor er aufgab.

Sara stellte die Füße auf, bereit, Bertie die Faust ins Gesicht zu schlagen. Sie freute sich darauf. Doch dann wurde ihr Schmerz stärker. Über den Schulterschmerz hinaus kam jene allzu vertraute Qual. Der Schmerz der Verwandlung. Sie spürte, wie sich ihr Mund und ihre Nase zu verformen begannen.

Oh Gott, nein, sagte sie sich. *Hör auf. Hör auf. Hör sofort auf!*

Der Assistent wischte die Waffe sorgfältig ab und entfernte alle Abdrücke. Dann trat er vorsichtig, alles Blut meidend, zu Rashid hinüber. Er legte die Waffe in Rashids rechte Hand und schob dessen Zeigefinger in den Abzugsbügel. Er drückte Rashids Hand und Finger zusammen, um gute Abdrücke zu hinterlassen. Dann ließ er die Waffe neben dem Mann fallen.

Es kostete Sara jede Faser ihrer Kraft, gegen die Verwandlung anzukämpfen. Sie durfte hier auf keinen Fall zum Wolf werden. Die Polizei würde hier sein. Sie konnte in Wolfsgestalt nirgendwo in der Stadt hingehen. Sie würde eingesperrt werden. Entdeckt. Sie biss die Zähne zusammen. Schweiß rann ihr von der Stirn und übers Gesicht.

Nein! Nein! Nein!, schrie ihr Gehirn.

Die Unbekannte riss sich aus Saras abgelenktem Griff und kroch zu ihrem Messer. Sie hob es auf und kroch weiter – zurück in Richtung Fletcher. Sie hatte nicht die geringste Chance, aber Sara war erstaunt über ihre Entschlossenheit. Sie kam näher.

Der Assistent bemerkte sie. Sein Fuß zuckte, als wollte er sie treten. Aber er hielt inne. Er sah all das Blut, das an seinen Schuh gelangen würde. Stattdessen bückte er sich und hob Fletcher hoch, legte einen Arm um ihn, als wäre Fletcher nur betrunken.

Er starrte die Unbekannte an und sagte zu ihr: „Sie werden in wenigen Minuten tot sein."

Er wandte sich an Sara und sagte: „Sie sollten besser rennen. Und halten Sie den Mund, wenn Sie leben wollen."

Dann ging er zur Tür hinaus, wobei er Fletcher beinahe trug. Die Tür ließ er offen stehen.

6

Sara riss sich zusammen. Sie stieß die Tür mit dem Ellbogen zu – keine Fingerabdrücke!

Sie ging zum vorderen Erkerfenster, das auf die Straße blickte, auf der sie gerade noch gewesen war. Dort war nichts als die Limousine, die auf Bertie wartete. Sie ging weiter in die Wohnung hinein und fand ein weiteres Fenster, das auf eine kleine Gasse hinausging. Sie wickelte ihre Hand in ihre Jacke und versuchte, das Fenster zu öffnen. Es ließ sich öffnen und dahinter war eine Feuerleiter. Sie würde also nicht in der Wohnung festsitzen.

Sara rannte zu der Frau zurück und sagte: „Du brauchst einen Arzt."

Die geheimnisvolle Frau schüttelte den Kopf. „Ich weigere mich. Ich sterbe sowieso. Ich war unsere einzige Chance und ich habe versagt. Es sei denn, du hilfst mir?"

Sara blickte der Frau in die Augen. „Sag mir, was zum Teufel hier eigentlich los ist."

„Du wirst mir nicht glauben."

„Was hast du schon zu verlieren?"

Die geheimnisvolle Frau biss die Zähne zusammen und hielt den Atem an, als der Schmerz sie durchfuhr. Dann musste er etwas nachgelassen haben, denn sie japste wieder nach Luft.

„Okay, meinetwegen", sagte sie und verdrehte die Augen. „Ich komme aus dem Jahr 2193."

Sara schluckte. *Okay,* dachte sie, *ich hab's ja nicht anders gewollt.*

„Und?", fragte Sara.

Die Frau sah sie misstrauisch an.

„Ich habe gelernt, alle möglichen unmöglichen Dinge zu glauben", sagte Sara. Sie zeigte auf ihre Schulter. „Das hier wird verschwunden sein, sobald ich mich verwandle. Die Kugel war nicht aus Silber."

Die Augen der Frau weiteten sich. „*Loups garous.* Gute Kämpfer für den Untergrund."

Sara blieb der Mund offen stehen. „Ihr habt noch mehr von uns?"

Die Frau biss die Zähne zusammen und krümmte sich vor Schmerz. Ein Stöhnen entwich ihren Lippen.

Sara sprang auf. Sie rannte zum vorderen und dann zum hinteren Fenster. Immer noch niemand. Aber das würde nicht so bleiben. Und die Frau würde es auch nicht mehr lange machen. Sie rannte zurück und kniete sich neben die Frau.

„Warum willst du Fletcher töten?"

„Wie ist dein Name?"

„Sara Flores."

„Für mich gibt es keinen solchen Namen. Nur Utility A-84-702. In meiner Welt gibt es Patriarchen und Browns – und alle anderen. Unterschiedliche Gesetze.

Fletcher fängt damit an. Präsident in vierzehn Jahren. Er erlässt Gesetze, die es armen Leuten schwer machen zu wählen. Meine Welt – wir haben kein Wahlrecht.

Fletcher stoppt die Verabschiedung einer Regel gegen die Ewigkeitsbindung des Eigentums – damit die Reichen das ganze Geld kontrollieren."

Ihre Augen schlossen sich, dann riss sie sie wieder auf. Sie holte tief Luft und zog dieses klobige Handy hervor, das Sara schon gesehen hatte. Aber es war kein Handy.

„Ich darf hier nicht gefunden werden", sagte sie.

Sie streckte ihre linke Hand aus und Sara ergriff sie.

„Viele sind gestorben, um mich durch die Maschine zu schicken.

Wir bekommen keine weitere Chance. Jetzt bist *du* unsere einzige Chance. Rette die Zukunft. Fletcher darf nicht Präsident werden!"

Utility A-84-702 ließ Saras Hand los und nahm dann eine Einstellung an ihrem Gerät vor. Und dann verschwand sie.

Einfach puff. Direkt vor Saras Augen.

Heilige Scheiße!

7

___

S ara hyperventilierte. Sie musste ihre Atmung unter Kontrolle bekommen. Sie versuchte, sie zu verlangsamen. Tiefe, langsamere Atemzüge. Noch mal. Und noch mal.

Sie sah an sich herab. In ihrer Jacke klafften zwei Einschusslöcher. Blut bedeckte sie und ihr Shirt. Der Schmerz packte Sara wieder, jetzt, da die Geschichte der Frau sie nicht mehr ablenkte.

Sara riss den Kleiderschrank auf und fand eine leichte Jacke mit Reißverschluss. Sie schnappte sie sich und ein Handtuch aus dem Badezimmer. Sie drückte das Handtuch auf ihre Brust und zwängte sich in die Jacke.

Aua! Aua! Aua!

Sie stolperte ins Hinterzimmer und zog das Fenster auf. *Langsame Atemzüge. Langsame, tiefe Atemzüge.*

Warte! Sie rannte zurück in die Küche und sah in den Kühlschrank. „Gott sei Dank", sagte sie, als sie ein gefrorenes Steak schnappte, es aus der Plastikfolie riss und in die Jackentasche steckte.

Sie rannte zurück zum Fenster, trat auf die Feuerleiter und schloss das Fenster hinter sich mit dem Ellbogen – keine Fingerabdrücke! Sie ging schnell, aber mit leichten Schritten – bei jedem Schritt zuckte sie wegen des metallischen Klirrens der

Treppe zusammen. Sie versuchte, so lässig wie möglich auszusehen, während sie die Stufen in die schmutzige, mit Mülltonnen gefüllte Gasse hinunterschritt, und schlenderte zur Seitenstraße.

Sara hörte in der Nähe Polizeisirenen heulen. Sie ging – langsam, lässig! – zwei Blocks weiter zum Broadway, die Hand fest auf die rechte Brust gepresst, um Jacke und Handtuch eng an ihre Wunden zu drücken. Sie hielt ein Taxi an und fuhr zum Hyatt Hotel in der West 57th Street, ging dann etwa fünfzig Meter zurück zum Salisbury Hotel, wo sie ihr Zimmer hatte.

Sie nickte dem Personal an der Rezeption zu und ging – lässig – zu den Aufzügen. Zum Glück war sie im Aufzug allein. Erleichtert seufzte sie auf, als sie ihr Zimmer betrat und es doppelt verriegelte. Sie rannte ins Badezimmer und legte sich auf den Marmorboden – weniger Blut, das man später aufwischen musste.

Mit einem tiefen Seufzer ließ sie die Verwandlung geschehen. Zum ersten Mal, seit sie ein Werwolf geworden war, machte ihr der Schmerz der Verwandlung nichts aus. Sie tauschte die Schmerzen der Schusswunden einfach gegen die Schmerzen der Verwandlung ein. Nur zu gern.

Die Verwandlung drückte wie immer die Kugeln heraus und heilte die Schäden an ihrem Körper.

Danach lag Sara einfach nur in Wolfsgestalt hechelnd da. Vielleicht könnte sie die ganze Nacht hier auf dem kalten Marmorboden schlafen. Das Waschbecken war für Wasser da. Was brauchte sie sonst noch? Und die Toilette? Sara schnaubte. Das wäre ein Anblick – zu versuchen, die in Wolfsgestalt zu benutzen. Das würde ein super YouTube-Video abgeben. Vielleicht könnte ihr Wolf ein Videostar werden.

Okay, jetzt wurde sie albern.

Die Schmerzfreiheit in ihrer Brust war das beste Gefühl, das sie je gehabt hatte. Sie genoss es, dass mit ihrer Brust absolut nichts mehr nicht in Ordnung war. Sie grinste ein breites Wolfsgrinsen über die Abwesenheit von Schmerzen in ihrer Schnauze und ihrer Wirbelsäule nach der Verwandlung. Nichts fühlte sich besser an als das.

Weshalb sie den Schmerz wirklich, wirklich, *wirklich* nicht noch einmal durchmachen wollte, indem sie sich zurückverwandelte.

Schließlich biss sie kräftig in das – teilweise noch gefrorene – Steak und kaute es hinunter, damit sie sich wieder in einen Menschen zurückverwandeln konnte. Ihr lief das Wasser im Mund zusammen, obwohl ihr Gehirn weniger begeistert war.

Nach dem erneuten Schmerz – *erinnere mich mal daran, warum zum Teufel ich das tue?* – ließ sie ein Bad ein, so voll, wie die Wanne es zuließ. Sie rief den Zimmerservice an und bestellte ein riesiges Mahl mit Käsekuchen und Brathähnchen. Auf Steak hatte sie im Moment keine Lust mehr. Alles sollte in einer Stunde geliefert werden.

Dann stieg Sara in die mit Schaumbad gefüllte Badewanne. Sie lehnte sich zurück und bedeckte alles von ihrem Kinn abwärts mit dem heißen Wasser. Sie spürte, wie ihre sehr angespannten Muskeln sich zu entspannen begannen. Sie waren nicht wirklich wund oder strapaziert – dafür hatte ihre Verwandlung gesorgt. Aber anscheinend dachte ihr Verstand, ihre Muskeln bräuchten Beruhigung – also half das Wasser. Es brachte ein wenig Seelenfrieden.

Nach dem Essen – sie aß langsam, um alles auszukosten – schrieb sie Mason eine SMS. Sie erzählte ihm von den Leichen und bat ihn herauszufinden, was die Polizei über ihre Entdeckungen berichtete. Sie sagte ihm auch, er solle sie die nächsten acht Stunden nicht kontaktieren, es sei denn, die Welt ginge unter.

Dann schlief sie.

Am Morgen saß Sara an einem Schreibtisch und aß von dem Tablett des Zimmerservice. Es gab für sie köstliche Eier, Würstchen und zwei Blaubeermuffins. Sie las die Geschichte in der bereitgestellten *New York Times*, während sie sie gleichzeitig auf CBS ansah.

Der aufstrebende Künstler Rasheed Guzman hatte anscheinend sowohl seine Eltern als auch die Prominente Clary Livingston erschossen – bevor er selbst von einem Unbekannten niedergeschossen wurde. Sara las und schaute, bis sie alles erfahren hatte, was die Reporter wussten.

Mason rief an und sagte, es würde ein paar Tage dauern, bis er aus den internen Polizeiakten erfahren würde, ob sie die sicherlich verwirrenden Beweise am Tatort ignorieren würden.

Sara sagte ihm: „Ich weiß, dass ich dort kein Blut hinterlassen habe. Ich hoffe, auch keine Fingerabdrücke. Aber ich könnte ein paar Haare verloren haben. Ich weiß, dass Mystery Woman Blut hinterlassen hat. Nein, nicht Mystery Woman – Utility A-84-702. Sie hat ihren Namen verdient."

„Und wie zum Teufel konnten sie denken, Rasheed hätte das getan? Ich bin mir ziemlich sicher, dass er sich nicht zweimal selbst erschossen hat, um Selbstmord zu begehen."

Sara seufzte. „Ich fahre heute nach Hause. Ich muss nachdenken. Bei Fletchers Kommentaren an die Presse hätte ich kotzen können."

„Das war eine furchtbare Tragödie", sagte Corbin Fletcher in den Acht-Uhr-Nachrichten. „Clary war eine wundervolle Frau, die es nicht verdient hatte zu sterben. Mich widert diese Gesetzlosigkeit an, die sich in unserem ganzen Land ausbreitet. Dagegen muss etwas unternommen werden." Er sah entsetzt aus.

Direkt hinter ihm stand sein Assistent Bertie Wilkinson. Der Mann, der auf Sara geschossen hatte.

8

Sara war glücklich, wieder in ihrem hochmodernen, geschützten Zuhause zu sein, das wie ein bescheidenes Farmhaus mit einer umlaufenden Veranda aussah. Es lag in der Nähe von Tulsa am Ufer des Arkansas River.

Stundenlang saß sie auf der Terrasse in ihrem Adirondack-Stuhl aus Kunststoff und sah dem schlammigen Fluss beim Vorbeifließen zu. Sie wuschelte ihrer Wolfshündin Skidi durchs Fell – und warf ihr den Ball. Sie kochte. Sie verfiel sogar in einen regelrechten Putzfimmel. Eines Nachts fuhr Sara mit den beiden in die Wüste außerhalb von Santa Fe, wo sie als Wölfe die Nacht durchstreifen konnten.

Sara erzählte Mason alles, was passiert war.

„Werden du und ich in Zukunft also „Browns" sein?", fragte Mason. „Weil du halbe Mexikanerin und ich halber Lupiti bin?"

„Ich hatte so wenig Zeit, mit ihr zu reden", sagte Sara. „Aber es klang so, als würden alle zu „Browns" werden, außer den Milliardären. Sie werden zu den Patriarchen und kontrollieren alles."

„Und inwiefern unterscheidet sich das von heute?"

„Im Ausmaß. Denk an ihren Namen – Utility A-84-702. Es klingt, als würden die Browns nur nach dem Job benannt werden, den sie ausüben. Überleg mal, was sich alles ändern müsste, damit so etwas passiert. Vielleicht werden braune Babys nur für bestimmte Jobs zugelassen oder gezüchtet. Weil die Patriarchen Massen von Menschen brauchen, um all die Arbeit zu erledigen, bei der sie sich nicht die Hände schmutzig machen wollen."

Mason erzählte Sara, dass die New Yorker Polizei nach einem unbekannten Schützen suchte – aber nicht besonders eifrig. Sie hatten Rasheed als Mörder seiner Eltern und von Clary akzeptiert. Nach Fletcher suchten sie absolut nicht.

Die nächsten zwei Tage verbrachte Sara in ihren Gedanken versunken. Sie rang mit ihren Überlegungen – und verlor den Kampf.

Eines Tages rief sie aus reiner Frustration Bill Hanalho an, den neuen Anführer der Lupiti-Priester. „Ich könnte einen spirituellen Berater gebrauchen", sagte sie ihm.

Was eigentlich lustig war. Als sie sich das letzte Mal getroffen hatten, hatte sie eine ganz andere Vorstellung davon gehabt, wie sie ihn „gebrauchen" könnte. Der Mann war ein Prachtkerl. Er sah aus wie dreißig und ein paar Zerquetschte, war groß, hatte schwarzes Haar, das ihm fast bis zur Taille reichte, und einen wundervollen Körper – stark, aber nicht übertrieben muskulös. Tolle Hände. Und ein gutes Herz.

Vor sechs Monaten war Sara zu seinem Großvater – dem damaligen obersten Lupiti-Priester – gegangen, um zu versuchen, mit dem Geist von Joe White Wolf zu sprechen, dem Lupiti-Schamanen, der sie verwandelt hatte.

In dieser Nacht war so ziemlich alles schiefgelaufen – einschließlich ihrer unfreiwilligen Verwandlung. Bills Großvater war am Ende tot – zum Glück nicht ihre Schuld. Bill hatte den Posten geerbt und er kannte ihr Geheimnis. Weil er wusste, dass es Werwölfe gab, dachte sie, er könnte der Möglichkeit von Zeitreisen gegenüber aufgeschlossen sein.

Und es war eine tolle Ausrede, ihn wiederzusehen (!)

Sie und Bill trafen sich am Lupiti Lake, wo im Moment nicht viel los war. Nur zwei Familien saßen auf Parkbänken und ein Paar paddelte in einem Kanu. Sie ging mit ihm auf den Pier hinaus, wo sie sich hinsetzten und die Beine über der Kante baumeln ließen – fast bis zum Wasser.

Eigentlich hätten sie nicht zusammen gesehen werden dürfen. In der Lupiti-Kultur waren ein Priester und ein Schamane Gegenspieler. Bill war jetzt der oberste Priester. Da der Mann, der Sara verwandelt hatte, ein Schamane war, machte sie das gewissermaßen zu einer Schamanin. Sie waren wie die Capulets und Montagues der Lupiti-Gesellschaft.

Sara verzog das Gesicht, als sie sich an Masons Meinung erinnerte – dass sie es genoss, von Bill zu fantasieren, weil sie wusste, dass nie etwas daraus werden könnte. Es war nicht *ihre* Schuld, dass sie den Mann, den sie am meisten wollte, nicht haben konnte.

Oder doch?

Sara erzählte ihm alles und Bill unterbrach sie nicht. Als sie fertig war, fragte er, ob sie glaubte, dass die Frau aus der Zukunft kam.

„Du meinst, obwohl Zeitreisen unmöglich sind?" Sie grinste.

„Ja, trotzdem."

„Es gibt eine ganze Reihe kleinerer Gründe, ihr zu glauben. Aber hauptsächlich ist da diese Sache mit dem ‚in Luft auflösen'."

Bill sagte: „Warum versuchst du dann, ihr nicht zu glauben?"

Sara rieb sich die Hände über die Augen. „Weil ich, wenn ich ihr glaube, entscheiden muss, ob ich ihre Mission zu Ende bringe."

„Es ist die Hitler-Frage. Nicht wahr?"

„Genau", sagte Sara, erleichtert über sein Verständnis. „Es ist die alte Frage: ‚Wenn du in der Zeit zurückreisen und Hitler töten könntest, als er jung war, würdest du es tun?' Nur dass das eigentlich ein lustiges Gedankenspiel sein soll und keine ernste Frage."

Bill sah sie nur an.

„Denn", fuhr Sara fort, „wenn ich das tue, dann morde ich kaltblütig. Schlimmer noch – ich würde jemanden für etwas töten, das er noch gar nicht getan hat."

Bill streckte die Hand aus und nahm ihre. „Wie stehst du zum Töten?"

„Zur Selbstverteidigung würde ich jeden töten und danach schlafen wie ein Baby", sagte Sara. „Das ist einfach. Es ist ein wenig komplizierter, wenn ich bei einem meiner Einsätze jemanden töte.

Dann ist es jemand, der andere getötet hat und vorhat, die Person zu töten, der ich zu helfen versuche. Oder mich zu töten, wenn ich versuche, ihn aufzuhalten. Es ist also eigentlich nur Selbstverteidigung – erweitert auf die Verteidigung anderer."

Bill lächelte sie an.

„Ja, ich weiß", sagte sie. „Ich habe das bis ins kleinste, quälende Detail durchdacht. Ich habe in der letzten Woche an kaum etwas anderes gedacht."

„Wird es dir wehtun, ihn zu töten?"

„Ich glaube, das werde ich erst wirklich wissen, wenn ich es getan habe. Was mich am meisten beschäftigt, ist: Schade ich der Welt, wenn ich ihn nicht töte?"

Bill lächelte und schüttelte den Kopf. „Langeweile kommt in deinem Leben wohl nicht auf, was?"

Sara grinste. „Neuerdings nicht, nein."

Bill sagte: „Du kennst doch den Spruch – „Für den Triumph des Bösen reicht es, wenn die Guten nichts tun"?"

„Genau. Wie kann ich da nichts tun?"

„Aber ich bezweifle stark, dass der Sinn dieses Zitats darin bestand, Töten zu rechtfertigen."

„Ich weiß. Du hast recht."

Sie saßen da und dachten beide nach. Sara blickte durch das Gebüsch hinauf zum Himmel. Sie sah einen Falken kreisen. Es war ein wunderschöner Tag. Es fühlte sich gut an, hier zu sitzen. Neben Bill. Sie mochte ihn wirklich.

Sara drehte sich um und sah ihn an. Sie fragte sich, was all die Priester bei ihren Zeremonien taten. „Sag mal, *du* verwandelst dich doch nicht in irgendetwas, oder? In einen Falken? Ein Streifenhörnchen?"

Bill grinste. „Tut mir leid, Priesterangelegenheiten bleiben unter Priestern."

„Das ist nicht fair! Du weißt über mich Bescheid."

Bill klopfte ihr auf die Schulter. „Ich bin mir ziemlich sicher, dass dir niemand gesagt hat, das Leben sei fair. Und selbst wenn, hättest du es ihm nicht geglaubt."

„Nein, es ist nicht fair." Sie schüttelte den Kopf.

„Und", fuhr sie fort, „wenn Utility A-84-702 recht hat, wird es noch viel unfairer. Ich habe nachgelesen, was sie gesagt hat – diesen Teil über eine „Erbrechtsregelung gegen die Perpetuierung." Wir haben Gesetze, die es den Reichen ermöglichen, keine Steuern auf Vermögenszuwächse zu zahlen – solange sie nicht verkaufen. Das führt dazu, dass die Einkommensschere zwischen dem obersten Prozent und dem Rest der Amerikaner rasant wächst. Was sie beschrieben hat, könnte passieren."

Bill stand auf. „Lass uns zurückgehen. Du weißt bereits, was du vorhast."

Auch Sara stand auf.

Bill sah sie mit gerunzelter Stirn an. „Sei einfach vorsichtig, Sara. New York City ist nicht hier. Dort ist es nicht so einfach, eine Leiche verschwinden zu lassen."

Sara lachte.

„Ich meine es ernst. Wenn du gehst, kannst du es dir nicht leisten, zu zögern. Die Leute hier brauchen dich. Du musst zurückkommen."

Sara sah ihn an. „Na, schön zu wissen, dass du dir Sorgen machst."

Bill ging zu seinem Truck. Über die Schulter sagte er: „Tu ich nicht."

Sara folgte ihm zu seinem Truck und sah ihm beim Einsteigen zu. Dann lehnte sie sich in sein geöffnetes Fahrerfenster.

„Blödsinn, dass es dir egal ist", sagte sie. Dann klopfte sie sanft an seine Tür und ging zurück zu ihrem F150.

9

Mason recherchierte online und fand die Luxuswohnung, die Fletcher im New Yorker Stadtteil Staten Island besaß. Sie war etwa zwei Millionen wert und in bar bezahlt worden.

„Er ist ein Selfmade-Man", sagte Mason zu ihr, „nachdem Papi fast drei Millionen zugeschossen hat."

Leider eignete sich die Wohnung nicht, um ihn dort zur Rede zu stellen. Sie lag direkt am Wasser, ohne Anbindung an die örtlichen Straßen. Man konnte von dort aus nirgendwo zu Fuß hingehen, nur fahren. Das bedeutete einen gesicherten Ein- und Ausgang. Sein Kumpel Bertie Wilkinson wohnte mit ihm dort und einer von beiden oder beide brachten häufig eine Frau mit nach Hause. Selbst wenn Sara also hineingelangen könnte, wäre es problematisch.

Tagsüber, wenn Fletcher von einem Meeting zum nächsten und zu Fototerminen eilte, war er von Handlangern umgeben. Von mehr Handlangern als nur Bertie.

Mason spürte zwei Nachtclubs in SoHo auf, die Fletcher am häufigsten besuchte. Der eine war der Rumpus Room in der Eldridge Street. Der andere war The Blond in der Howard Street.

Zwei Wochen später war Sara wieder in Manhattan.

Sie sah sich die Lage von Fletchers beiden Lieblingsclubs an. Der

Rumpus Room hatte zwei verschiedene „Parks" im Umkreis von einem Block. Man nannte sie Parks, aber sie waren nichts weiter als einen Block große, betonierte Freiflächen mit ein paar Bänken und Blumenkübeln. Sie lagen sehr, sehr offen – über tausend Wohnungen hatten einen direkten Blick darauf. Jeder in diesen „Parks" hätte genauso gut auf einer Bühne stehen können!

The Blond sah besser aus. Die Howard Street war eng und auf einer Seite parkten die Autos Stoßstange an Stoßstange. Ein haltender Lastwagen würde dort den gesamten Durchgangsverkehr blockieren. Blick Art Materials – direkt gegenüber – wäre spät in der Nacht geschlossen. Und auf beiden Straßenseiten befanden sich Baugerüste. Dazu gehörten auch aus Sperrholz gebaute Überhänge zwischen dem Erdgeschoss und dem nächsten Stockwerk, um herabfallenden Bauschutt aufzufangen.

Die Gebäude in der Howard Street waren nur vier oder fünf Stockwerke hoch – nicht wie die Hochhäuser drüben in der Eldridge Street. Und von diesen vier oder fünf Stockwerken aus konnte man wegen der Sperrholzüberhänge nichts auf den Gehwegen unten sehen.

Gut war auch, dass es schräg gegenüber vom Club ein fünfstöckiges Parkhaus gab. Nur für den Fall, dass die Sache brenzlig werden sollte.

Das große Problem war herauszufinden, wann Fletcher in diesen Club gehen würde. In der Zwischenzeit zog Sara in das Solita SoHo Hotel – etwa zwei Blocks vom The Blond entfernt – und auf der gegenüberliegenden Seite des Parkhauses.

Ihr gefiel die Straße, in der das Solita lag. Sie sah aus wie aus dem Film West Side Story, mit vielen Gebäuden, von denen jedes seine eigene Feuerleiter hatte. Hier waren jedes Gebäude und jede Feuerleiter in einer anderen leuchtenden Grundfarbe gestrichen – erst grün, dann rot, dann gelb. Ihr gefiel auch die Lobby mit ihrer schicken Rezeption aus Holzlatten. Dahinter hing ein riesiges Bild vom Gesicht einer Frau, weiß wie eine Geisha, mit knallroten Lippen. Besonders gefiel ihr, dass der Zimmerpreis halb so hoch war wie der Tagespreis des exklusiven Nobelhotels, das an The Blond angeschlossen war.

Mason löste einen Teil ihres Problems. Er fand die Limousinenfirma, die Fletcher benutzte, wenn er feiern ging. Es war Four Stars Limo mit Sitz in einem Luxusapartmentgebäude in Lower Manhattan. Sie hatten ein Studioapartment im Erdgeschoss als Büro sowie drei Parkplätze im Gebäude – genug für drei Limousinen ohne Stretch.

Eines Nachts schlich sich Sara in deren Garage und brachte an allen drei Limousinen GPS-Tracker an.

Sie machte auch einen sorgfältigen Rundgang durch das Parkhaus zwischen ihrem Hotel und The Blond. Hinter einer verdreckten Säule im Parkhaus versteckte sie Wechselkleidung. Sie versteckte Beef Jerky – in drei Gefrierbeuteln versiegelt, ein Beutel im anderen – für den Fall, dass sie sich schnell wieder in einen Menschen zurückverwandeln musste. Sehr schnell.

Dann zog Sara ein großes rosa Hundehalsband hervor, das ihr in Wolfsgestalt passte, und versteckte es hinter einer dritten Säule. Das Halsband war für den Fall, dass alles total, komplett den Bach runterging. Ihr Hotel erlaubte Hunde. Es war zumindest theoretisch denkbar, dass sie als vermeintlicher Hotelhund ins Hotel spazieren und es bis auf ihr Zimmer schaffen könnte. Sie hoffte, dass sie es nicht ausprobieren musste.

Dann hieß es nur noch warten.

Morgens machte Sara auf Touristin. Ihr gefiel der schräge Kram, den man nirgendwo sonst finden würde. Wie das komplett rosafarbene Museum of Ice Cream – mit köstlichen Proben zum Verkosten. Und das Museum of Feelings – das die Farbe seiner Außenwände je nach aktueller „Stimmung" der Stadt selbst änderte. Obwohl... sie neugierig war, wer jeden Tag die Stimmung der Stadt bestimmte.

Weniger sicher war sie sich beim städtischen Museum of Jello und dem Museum of Sex. Letzteres zeigte eine lebensgroße Statue von drei Elchen, die sich gegenseitig rammelten, einer auf dem anderen.

Nachmittags machte sie einen langen Mittagsschlaf, gefolgt von einem großartigen Abendessen. Sie probierte nur ungewöhnliche Speisen, von denen sie noch nie gehört hatte – Essen, das sie in Tulsa nicht finden würde. Sie probierte Känguru-Burger, Lammhirn in Curry, Chorizo-Karamell-Swirl-Eis (lecker!) und eine Lachs-Reis-Bowl.

Sie weigerte sich, Heuschrecken-Tacos zu probieren – irgendwo *musste* man ja eine Grenze ziehen.

Die Abende verbrachte sie damit, in ihrem Zimmer auf und ab zu gehen und darauf zu warten, von Mason zu hören.

Eine Nacht verging. Dann noch eine. Sie versuchte, sich das Tenement Museum anzusehen – aber ihr wurde übel und sie musste hinausrennen. Es zeigte die schrecklichen Lebensbedingungen von Einwanderern im 19. und frühen 20. Jahrhundert. Es glich zu sehr dem, wie Saras Vermutung nach die Welt von Utility A-84-702 für alle aussehen würde, die nicht reich waren.

Die nächsten zehn Mal, als Sara darüber nachdachte, einfach aus ihrem Hotel auszuchecken und nach Hause zu fahren, bestärkten die inneren Bilder von dem, was sie in diesem Museum gesehen hatte, ihre Entschlossenheit.

Es war Donnerstag um 22 Uhr, als Mason endlich anrief. Fletcher hatte eine Limousine gemietet.

Sara machte sich fertig. Sie kleidete sich in schlichtem Schwarz mit dünnen, hautfarbenen OP-Handschuhen. Das passte zu ihrer lockigen, rothaarigen Perücke und dem starken Make-up. Sie trug ein Stilett bei sich (das am unwahrscheinlichsten auf dem Weg zum Herzen an einem Knochen hängen bleiben würde) und eine kleine Quetschflasche, gefüllt mit Botoxpulver.

Sara wollte schreien, als Masons nächster Anruf ihr mitteilte, dass die Limousine vor dem Rumpus Room stand. Sara ging auf und ab. Sie setzte sich. Sie sah fern, ohne zu wissen, was sie sah.

Zwei Stunden später rief Mason erneut an. Die Limousine bewegte sich südwestlich in Richtung „The Blond". Sara fuhr mit dem Aufzug nach unten. Sie ging nach draußen und lief die zwei Blocks zum Club. Als sie darauf zuging, sah sie drei reich gekleidete Männer um die dreißig und zwei Frauen, die ihn verließen. Sara blickte auf ihre Uhr. Als ob sie jemanden erwartete. Was sie natürlich auch tat.

Ihr Telefon vibrierte. Sie sah auf und erblickte eine SMS von Mason. Die Limousine war einen Block entfernt.

„Wenn es nicht passt, kannst du warten und es in einer anderen Nacht versuchen", ermahnte sich Sara. Aber sie wollte wirklich, wirklich nicht warten.

Die Limousine hielt vor dem Club.

Wird der Fahrer aussteigen?, überlegte Sara. Aber er tat es nicht. Bertie stieg aus, dann Fletcher. Und keine Frauen. Noch nicht. Und sonst niemand auf dem Bürgersteig.

Sara drehte sich zu ihnen um. „Corbin?", fragte sie und sah Fletcher an. Sie schenkte ihm ihr breitestes Lächeln und ging auf sie zu.

„Das ist ja ewig her!", sagte sie. „Wie ist es Ihnen ergangen?"

Sara bemerkte, wie die Limousine wegfuhr, dorthin, wo Limousinen in New York verschwinden, bis man sie zurückruft.

Corbin Fletcher stand da und zermarterte sich das Hirn, wer sie von den Tausenden von Frauen sein könnte, die er gesellschaftlich getroffen hatte. Er musterte sie, um zu sehen, ob er mehr von ihr wollte.

Sie war fast bei ihm, die linke Hand in ihrer Tasche und die rechte Hand erhoben, als wolle sie ihm die Hand schütteln, das Stilett darin verborgen.

Plötzlich jedoch sah Bertie hinter die Perücke und das Make-up und erkannte sie.

„Nein!", schrie er, als er Corbins Hand packte und daran zerrte.

Das bewegte Fletcher leicht, sodass das Stilett zwar in seine Brust eindrang, Sara aber nicht sicher war, ob es das Herz getroffen hatte. Sie setzte ihre Vorwärtsbewegung fort und riss beide zu Boden, wobei sie mit dem Knie auf dem Beton aufschlug und seinen Kopf aufprallen ließ. Sie drehte ihre rechte Hand, die immer noch die Klinge hielt, in ihm herum. Gleichzeitig zog sie ihre linke Hand mit der winzigen Quetschflasche hervor. Fletchers Mund stand offen. Sie stieß den Plastikball in seinen Kiefer und drückte das Pulver heraus.

Fletcher stieß sie von sich und mühte sich ab, aufzustehen. Sara stand auf. „Für deine Sünden", sagte sie und trat ihm gegen den Kopf. Er schlug zurück auf den Boden und rührte sich nicht mehr.

Sara zog einen Umschlag aus ihrer Jacke und steckte ihn in Fletchers Jackett.

Bertie war mit großen Augen zurückgewichen. Sein Mund stand offen, als wollte er rufen, aber er war sich nicht sicher, ob er es tun sollte. Er fummelte auch hinten am Hosenbund herum und versuchte, an eine Waffe zu gelangen, die er dort wohl zu tragen begonnen hatte.

Sara legte ihren rechten Arm um ihn und drückte fest zu. Der Griff presste seinen linken Arm eng an sie, und sein rechter wurde von ihrer Hand festgehalten. Falls sie jemand sähe, so hoffte sie, würde es wie eine freundschaftliche Umarmung aussehen. Bertie konnte keinen seiner beiden Arme bewegen, um an seine Waffe zu gelangen.

„Bertie, Bertie", sagte sie. „Wir beide haben einiges zu besprechen." Sie ging mit ihm in Richtung der Ecke und zerrte ihn dank ihrer übermenschlichen Kräfte mühelos mit sich.

Bertie wehrte sich, überrascht, dass er sich nicht aus ihrem einarmigen Griff befreien konnte. Er drehte den Kopf, um zu Fletcher zurückzusehen, während sie ihn weiter wegzerrte.

„Oh, mach dir um den mal keine Sorgen", sagte sie. „Dem geht's gut. Ein paar Schrammen hier und da. Du wirst ihn morgen wiedersehen."

Bertie wehrte sich noch energischer, aber seine Arme waren gefangen und sie kontrollierte ihn. Seine Füße bewegten sich unwillkürlich, als hätte sein Körper Angst, sonst zu stürzen, aber eigentlich wurde er von ihrem Arm getragen. Gerade so hoch, dass seine Füße unbeholfen mitschlurften, anstatt offensichtlich geschleift zu werden.

Bertie öffnete erneut den Mund, diesmal entschlossen, um Hilfe zu rufen. Saras linke Hand kam zum Vorschein. Sie hielt sie Bertie vor die Augen. Nur war es keine Hand. Sie hatte nur ihre linke Hand verwandelt – in eine Pfote mit Ballen, Fell und vier sehr langen Krallen.

„Konzentriere dich, Bertie", sagte sie mit einem freundlichen Lächeln im Gesicht. „Konzentriere dich auf meine Hand. Oder sollte ich besser sagen, meine Pfote? Siehst du diese sehr, sehr scharfen

Krallen? Ein Hieb und deine Halsschlagader ist komplett durchtrennt. Du würdest in ein paar Minuten verbluten. Niemand könnte etwas tun."

An der Straßenecke überquerte ein Paar die Straße – vielleicht fünfzehn Meter von ihnen entfernt. Taxis und ein paar Autos fuhren vorbei.

„Sei klug, Bertie. Wenn du irgendetwas tust, um ihre Aufmerksamkeit zu erregen, bist in weniger als zwei Minuten tot. Wenn du stillhältst, gehen wir nur da rüber, weil ich dir eine Geschichte erzählen möchte."

„Willst du nicht wissen, wer ich bin?" Sie wedelte mit ihrer Pfote vor seinen Augen. „... und warum ich dich und Fletcher für eine Woche außer Gefecht setzen muss?"

Berties Augen schielten, als er auf die Pfote vor ihnen starrte. „Wie machst du das?", fragte er.

Sie führte ihn in das Parkhaus und hinauf in den zweiten Stock, wo ihr Rucksack und ihr Essen verstaut waren. Es war abseits der Aufzüge und Treppen, hinter zwei geparkten Autos.

„Nimm Platz, Bertie."

Er blickte entsetzt nach unten.

„Ich weiß, ich weiß", sagte sie. „Aber du bist reich – Du kannst dir einen neuen Anzug leisten, falls dieser schmutzig wird." Sara stieß ihn zu Boden. Dann setzte sie sich im Schneidersitz etwa einen Meter vor ihn.

„Es ist eine Geschichte über eine Frau", sagte sie. „So bin ich in die Sache hineingeraten. Die Frau ist Fletcher gefolgt, und ich bin ihr gefolgt." Sara war sich nicht sicher, warum sie ihm von der Frau erzählen wollte. Aber sie folgte ihrem Instinkt.

„... und", schloss Sara, „die Frau sagte, Fletcher würde die Zukunft ruinieren, indem er diese beiden Dinge tut, wenn er Präsident wird."

Bertie hatte während ihrer Erzählung immer abweisender gewirkt, aber am Ende sah er entsetzt aus. „Du bist verrückt!", sagte er. „Du hast gerade einen Mann angegriffen, weil du glaubst, jemand aus der Zukunft hätte dir das aufgetragen?"

„Nun ... sie hat ein wirklich schreckliches Bild gezeichnet. Was hätte ich sonst tun sollen?"

Bertie begann, aufzustehen. Sara bedeutete ihm mit den Händen, unten zu bleiben. „Nein, nein. Das ist nicht der wahre Grund. Lass mich ausreden."

Bertie setzte sich wieder hin.

„Ich habe es getan, weil er fünf Menschen in diesem Raum angeschossen hat. Vier von ihnen getötet hat. Und selbst dann habe ich gewartet, bis klar war, dass er damit durchkommen würde.

Oh, und ich habe dir eine kleine Lüge aufgetischt. Fletcher ist tot. Ich habe genug Botox in seine Lungen gepumpt, um diese halbe Stadt umzubringen."

10

B ertie sprang wütend auf. Sara erhob sich ebenfalls. Sie stand
etwa einen Meter vor ihm.

„Überleg es dir gut, bevor du deine Waffe ziehst", sagte
sie. „Du hast schon einmal auf mich geschossen und es hat nichts
gebracht. Mach mich nicht wütend, indem du es noch einmal tust."

„Du dumme Schlampe! Fletcher war wichtig. Mächtig. Er *hätte*
Präsident werden können. Du hast die Chance vertan, zu ..."

„Fletcher war ein rassistisches, elitäres Arschloch, das dachte, die
Gesetze würden für ihn nicht gelten. Ich habe der Welt einen
Gefallen getan."

„Aber ... du hättest ..."

„Ihm so in den Arsch kriechen wie du? Ihn unterstützen?"

Berties Gesicht war rot angelaufen. Sein rechter Arm glitt unter
seinen Mantel.

„Letzte Warnung. Schieß auf mich und du bist tot."

„Nein", sagte er. „Du bist tot."

Bertie zog seine Waffe, um sie zu töten, aber Sara hatte es
erwartet. Vielleicht hatte sie es sogar gewollt.

Sie packte den Lauf der Pistole mit ihrer rechten Hand und riss
ihn schnell und hart nach oben, wobei sie seinen Zeigefinger vom
Abzug riss. Gleichzeitig schloss sich ihre linke Hand um seinen Hals.

Sie stieß ihn zurück gegen eine Betonwand und hielt ihn dort fest, während ihre rechte Hand die Waffe in ihre Jackentasche stopfte. Seine Füße baumelten über dem Boden.

„Großer Fehler, Bertie. Du hast die wichtigste Frage vergessen, die du mir gestellt hast. Erinnerst du dich?"

Bertie wehrte sich. Er schlug ihr mit der rechten Faust gegen den Kopf, aber es tat kaum weh. Wegen der Wand hinter ihm konnte sein Schlag kaum dreißig Zentimeter zurücklegen, bevor er traf. Ein Kampfkünstler hätte bei einem so kurzen Schlag etwas Kraft aufbringen können, aber es war offensichtlich, dass Bertie keiner war.

Sara zog eine Augenbraue hoch.

„Konzentrier dich, Bertie. Erinnerst du dich, was du mich auf dem Weg hierher gefragt hast? Nein? Brauchst du einen Tipp?"

Sie hielt ihre rechte Hand vor sein Gesicht und drehte sie hin und her. Sie beließ sie in menschlicher Gestalt, aber er hatte doch sicher nicht schon die Pfote vergessen?

Sara schüttelte den Kopf.

„Du verdienst es zu sterben, genau wie dein Kumpel, Bertie. Du bist in ein Zimmer gekommen, hast gesehen, was Fletcher getan hatte, und hast die Zeugin – mich – erschossen. Dann hast du alles für ihn vertuscht.

„Ich muss irgendein weichherziger Idiot sein, weil ich dir noch eine Chance gegeben habe. Bei der du versagt hast."

Sara erhöhte den Druck ihrer linken Hand auf seiner Kehle, um sicherzugehen, dass er nicht schreien konnte. Dann sah sie sich nur zur Sicherheit um und witterte die Luft. Sie waren allein auf dieser Etage des Parkhauses.

Sara begann nur mit der Verwandlung ihres Gesichts. Ihr Mund und ihre Nase begannen sich gleichzeitig in ihrem Gesicht nach vorne zu schieben. Sie vereinigten sich zu einer Schnauze. Berties Augen weiteten sich, als ihre Schnauze immer näher auf ihn zukam. Sobald sie vollständig ausgebildet war, öffnete Sara ihr Maul. Sie entblößte alle 42 ihrer strahlend weißen – langen! – Zähne.

Bertie geriet in Panik. Er kämpfte mit allem, was er hatte, um wegzukommen – er wand sich und schlug um sich. Er landete sogar einen wirklich jämmerlichen Tritt. Er versuchte zu schreien, aber alles, was an seiner zugeschnürten Kehle vorbeikam, war ein Wimmern. Als er sah, dass es nichts nützte, hörte er auf zu kämpfen und schloss die Augen.

Sara ließ ihn los. Er stolperte, richtete sich dann aber wieder auf. Seine Augen sprangen auf. Sein Mund öffnete sich – er wollte aus vollem Hals schreien.

Sara beugte sich vor, drehte den Kopf zur Seite und biss Bertie den Kopf vom Hals. Blut spritzte überallhin und befleckte ihre Kleidung, die Säule, die Wand und den schmutzigen Betonboden.

11

Sara stieß den kopflosen Körper von sich. Sie schnappte sich ihre Tasche hinter der Säule, während sich ihr Gesicht wieder in ein menschliches zurückverwandelte. Sie zog ihre blutigen Kleider aus und wischte ihre Schuhe ab. Schnell zog sie die Kleidung aus ihrer Tasche an und packte die blutigen Sachen wieder ein, wobei sie auch die Handschuhe abwischte.

Sie holte Berties Pistole aus ihrer Tasche, zerbrach sie in mehrere Teile und entfernte sich dann in einem für New York normalen, schnellen Tempo. Dank ihrer Handschuhe musste sie sich keine Sorgen um Fingerabdrücke machen, also warf sie die Kugeln in einen Mülleimer im Erdgeschoss, als sie das Parkhaus verließ.

Auf dem zwei Blocks langen Weg zu ihrem Hotel fand Sara zwei Regenrinnen. Sie warf die eine Hälfte der Pistolenteile in den einen Abfluss und die andere Hälfte in den anderen. Dann zog sie die Handschuhe aus und steckte sie in die Tasche.

Als sie an einem geparkten Auto vorbeiging, betrachtete Sara ihr Gesicht im Seitenspiegel. Sie richtete sich die Haare und verzog den Mund, als würde sie sich zurechtmachen. Wonach sie aber wirklich suchte, war Blut. Sie wischte den einen Fleck weg, den sie auf ihrer Wange sah. Sie sah auch einige rote Tröpfchen in ihrem Haar, also nahm sie sie zwischen die Finger und zog sie über die Strähnen – was sie zu roten Highlights machte.

Sara neigte den Kopf, um die Wirkung zu betrachten. Sie sahen irgendwie gut aus – vielleicht würde sie sich in Zukunft von ihrem Friseur ein paar rote Strähnen färben lassen.

Um drei Uhr morgens lagen selbst die meisten New Yorker schon im Bett. Als sie ihr Hotel betrat, sah sie ein Pärchen. Sie waren so sehr miteinander beschäftigt, dass sie sie gar nicht bemerkten. Sie nickte dem Mann an der Rezeption zu und stieg allein in den Aufzug.

Sie schrieb Mason, dass es erledigt war, und nahm dann eine lange, heiße Dusche. Danach ließ sie kaltes Wasser in die Wanne ein und warf ihre blutgetränkten Kleider aus der Tasche hinein, um das Blut auszuspülen. Am Morgen würde sie die getrockneten Kleider ohne sichtbares Blut bei einer Obdachlosenhilfe abgeben.

Das Hotel bot um diese Zeit nur Sandwiches an, also bestellte sie sich beim Zimmerservice ein wunderbares Roastbeef-Sandwich mit Avocado und Schweizer Käse.

Schließlich rief sie Mason an. Mason hatte Hacker-typische Arbeitszeiten, also war drei Uhr morgens für ihn mitten am Arbeitstag.

„Hast du den Umschlag bei Fletcher gelassen?", fragte er.

„Ja", sagte sie. „Wie wir es vereinbart hatten. Er war an die Polizei adressiert und gestand die Morde an Clary, Rasheed und seinen Eltern. Darin stand auch, dass er versucht hatte, es finanziell wiedergutzumachen."

„Er hatte 1,4 Millionen Dollar bei US-Banken", sagte Mason. „Heute, etwa eine Stunde vor seinem Tod, hat er großzügigerweise eine Million davon an die NAACP und Feeding America gespendet. Ich habe ihm 400.000 Dollar gelassen. Ich dachte mir, niemand würde glauben, dass er alles weggeben würde."

„Gut! Etwas Positives. Ah ... ich nehme an, du konntest keine versteckten Konten finden?", Sara hielt sich den Mund zu, damit er nicht den geringsten Hauch eines Lachens in ihrer Stimme hören konnte.

Es herrschte eine lange Stille. „Das wird nicht funktionieren, wenn du mich beleidigst, Sara."

Saras Grinsen wurde breiter. Sie versuchte, unschuldig zu klingen. „Du meinst, du *hast* doch etwas gefunden?"

„Du lachst doch, oder?"

„Man kann dich so leicht auf den Arm nehmen! Sag schon, was hast du gefunden?"

„Fletcher hatte fast zwei Millionen Dollar auf einem versteckten Konto auf der Insel Nevis. Jetzt haben wir jeder die Hälfte davon."

„Warte, ich dachte, du hättest gesagt, die Karibik sei keine Steueroase mehr."

„Nevis ist ein Ausreißer. Dort gegründete Unternehmen gehören zu den geheimsten überhaupt."

„Aber nicht gut genug, um dich aufzuhalten. Ich mag dich vielleicht aufziehen, aber ich bin wirklich beeindruckt."

„Was du auch sein solltest", sagte Mason und verbarg, wie sehr er diese Worte hören wollte.

„Also, was wirst du mit deiner Hälfte machen?", fragte sie.

„Ich behalte etwa 75.000 Dollar davon. Ich brauche eine bessere Ausrüstung und bessere Sicherheit hier. Aber ich denke, die anderen 920.000 Dollar wären ein großartiger Start für eine gemeinnützige Bildungsorganisation für amerikanische Ureinwohner. Sie könnte finanzielle Hilfe bieten, um in der High School zu bleiben, sowie Stipendien für das College."

„Das ist eine großartige Idee, Mason!"

„Was ist mit deiner Hälfte?", fragte er.

„Ich selbst brauche nichts mehr", erklärte Sara ihm. „Aber ich will einen Fonds gründen. Ich mache mir Sorgen um die Zukunft der Wölfe wegen der globalen Erwärmung. Immer mehr Menschen werden Land weiter im Norden kaufen. In Montana passiert das bereits. Ich fürchte, dass die Wölfe in freier Wildbahn verschwinden werden."

„Ich werde anfangen, in Alaska nach einem sehr großen Grundstück zu suchen. Ich glaube, dafür werde ich einen ordentlichen Batzen Geld brauchen. Ich werde es ein Wildschutzgebiet nennen – und das wird es auch sein. Aber es wird in erster Linie dazu dienen, das Land zu schützen, auf dem die Wölfe weiterhin umherstreifen können."

Sara wollte gerade auflegen, als sie ihn fragen hörte: „Glaubst du, dass das nötig war? Dass es die Zukunft zum Besseren verändert hat?"

12

„Wenn ich das nur wüsste", sagte sie. „Ich habe Zeitreisebücher gelesen. Fiktion natürlich. Aber trotzdem interessant. In einigen wird angedeutet, dass Trends kaum auszulöschen sind. Wenn man etwas ändert, findet die Zukunft einen anderen Weg, um fast an demselben Punkt zu landen, an dem sie gelandet wäre, wenn nichts unternommen worden wäre."

„Also, wenn jemand wirklich zurückgehen und Baby Hitler umbringen würde, würde der ganze Faschismus trotzdem passieren und jemand anderes würde ihn anführen?"

„Das ist eine Theorie."

„Das wäre Mist. Ich hoffe, das stimmt nicht."

„Ich auch", sagte Sara. „Aber denk an das Gute, das du gleich tun wirst. Utility A-84-702 hat getan, was sie tun konnte. Wir haben alles getan, was wir tun konnten."

„Na ja ...", sagte Mason, „vielleicht nicht ganz. Es gibt noch mehr, was *du* tun könntest."

„Ich? Zum Beispiel?"

„Mir scheint, du musst dir einen Partner suchen und einen Haufen Werwolfswelpen aufziehen."

„*Wie bitte*??"

Mason lachte so sehr, dass er nicht sprechen konnte. Sara wollte ihm das Telefon über den Kopf ziehen.

Mason versuchte, zu reden und riss sich zusammen. „Entschuldige, nur die Vorstellung von dir und Welpen."

„Ich lege auf."

„Nein, nein, tu's nicht. Entschuldigung. Entschuldigung. Aber ich meine es auch ernst. Utility A-84-702 hat gesagt, die *Loups Garous* waren gute Kämpfer für den Untergrund. Also, nur für den Fall, dass die Zeit sich wieder zu dieser Zukunft hinbiegt – jemand muss sicherstellen, dass es dort Werwölfe gibt, die ihnen helfen. Mir scheint, du bist die Einzige, die das tun kann."

„Aber ..."

„Und dieses Schutzgebiet klingt nach dem perfekten Ort, um sie aufzuziehen."

Mason legte auf.

Sara saß da und starrte auf ihr Telefon. Und starrte es weiter an. Schließlich schloss sie die Augen und legte das Telefon beiseite.

„Verdammt", sagte sie. „Er könnte recht haben."

ENDE

DER GESTANK DER ANGST

EINE PARANORMALE WOLFLADY-KRIMI-NOVELLE

SUE DENVER

Der Gestank der Angst

1

VON SUE DENVER

Sara Flores war der Meinung, man sollte sich von Polizisten fernhalten, wenn man ein wirklich großes Geheimnis hatte. Misstrauen war Polizisten antrainiert worden – es lag aber auch in ihrer Natur – und sie waren sehr gut darin, zu erkennen, wenn jemand etwas verbarg.

Im letzten Jahr, seit Sara ein Werwolf geworden war, hatte sie es sich zur Aufgabe gemacht, Menschen zu retten, die von mächtigen Arschlöchern gefangen gehalten oder missbraucht wurden. Um ihre Missionen zu erfüllen, musste sie diese Peiniger für gewöhnlich in *tote* Arschlöcher verwandeln.

Schon zweimal war sie in der Nähe einer von ihr verursachten Leiche auf Polizisten gestoßen. Zweimal hatte sie es geschafft, sich herauszureden.

So weiterzumachen wäre ziemlich dumm.

Sara beschloss stattdessen, eine Lizenz als Privatdetektivin zu erwerben. Das würde misstrauischen Polizisten erklären, warum sie sich in dunklen Gassen aufhalten könnte, um die jede normale Frau einen großen Bogen machen würde.

Woher hätte sie auch wissen sollen, dass diese Entscheidung – die Lizenz zu machen – so viele Tote fordern würde?

Um diese Lizenz zu bekommen, fand sich Sara an einem frühen

Abend in einem schäbigen Unterrichtsraum an der People's Tech of Tulsa wieder. Der Staat Oklahoma verlangt nur 55 Stunden Ausbildung und das Bestehen einer Prüfung – und voilà! –, schon ist man ein lizenzierter Privatdetektiv.

Dieser Unterrichtsraum hatte kleine, hochsitzende, gefängnisähnliche Fenster, die kein Licht hereinließen, da die Sonne an diesem kalten Februarabend bereits untergegangen war. Und der Geruch … eine Mischung aus Kreide, Kohlenstoff und Körperschweiß gab Sara das Gefühl, wieder in der zehnten Klasse zu sein. Es war keine schöne Erinnerung.

Sie saß in einer dieser alten Schulbank-Stuhl-Kombinationen, in die man sich hineinzwängen muss, um sich zu setzen. Sie sind so unbequem, dass man die ganze Stunde damit verbringt, herumzurutschen und auf die Uhr zu starren, bis man sich befreien kann.

Sara zappelte noch etwas herum und sah sich ihre „Klassenkameraden" an. Acht der sechzehn Folterstühle waren besetzt und sie hatte eine gute Sicht auf sie, da sie in der letzten Reihe saß.

Ganz vorne in der Mitte saß ein Ehepaar, die Lauriers. Beide waren Ende zwanzig. Beide waren aufgeweckt und blitzsauber wie frisch poliert.

Rechts von Sara saßen drei, die einfach Polizisten sein mussten. Jeder von ihnen hatte diese übermäßig wachsamen Polizistenaugen, die alles und jeden an einem Ort in nur wenigen Minuten beschreiben konnten. Sara hatte erwartet, einige Polizisten im Kurs zu sehen, die sich dem Rentenalter näherten. Solche, die erwogen, sich nach ihrem Dienstende als Privatdetektiv selbstständig zu machen.

Zwei von ihnen passten in dieses Schema. Einer war ein großer, weißer Schrank von einem Mann um die fünfzig mit rasiertem Kopf. Die andere war eine schwarze Frau, die irgendwo zwischen vierzig und sechzig hätte sein können – das war schwer zu sagen.

Der dritte mutmaßliche Polizist war anders. Er sah aus, als wäre er in seinen Dreißigern – was Sara zu der Frage veranlasste, warum er hier war. Er war weiß, mit hellbraunem, kurz geschorenem Haar.

Durchschnittliche Größe. Durchschnittlicher Körperbau. Er hatte jedoch ein überdurchschnittliches Lächeln unter einem getrimmten Schnurrbart. Das Lächeln zeigte sich, weil er mit den beiden anderen Polizisten scherzte.

Der Lehrer für diesen Kurs betrat schließlich den Raum. Mr. Andersen – „Nennen Sie mich Greg" – war ein gut aussehender, älterer Mann mit ordentlich geschnittenem grauem Haar. Obwohl ... er hatte etwas Schmieriges an sich.

Am Ende des dreistündigen Kurses hatten Sara – und die Polizisten – keine einzige Notiz gemacht. Es hatte nicht viel Sinn, Dinge aufzuschreiben wie: „Sie sollten dem Befragten Respekt zollen – auch wenn Sie ihn des Lügens verdächtigen."

Na, logisch!, dachte Sara. *Gott sei Dank dauert dieser Teil der Ausbildung nur 35 Stunden.*

Zwei Abende später war sie wieder mit ihren Klassenkameraden zusammen und stand vor weiteren drei Stunden mit Andersen. Aber dieser Kurs versprach, interessanter zu werden – er sollte das Lesen von Körpersprache beinhalten.

Andersen verteilte ein Blatt mit dem Titel „Körpersprache, die auf unwahre Antworten hindeuten könnte". Dann, als ob sie unfähig wären, es selbst zu lesen, las er jeden Punkt vor.

„Auf die Lippen beißen – zeigt Nervosität.

„Verschränkte Arme – kann abwehrend oder verschlossen sein.

„Weit geöffnete Augen – Überraschung.

„Zusammengekniffene Augen – Wut.

„Daumen hoch – Zustimmung.

„Daumen runter – Ablehnung."

Sara hielt sich die Hand vor die Augen, um dahinter mit den Augen zu rollen und ihre Meinung über diese „unglaublichen" Erkenntnisse auszudrücken. Sie konnte nicht fassen, dass sie dafür tatsächlich Geld bezahlte.

Andersen beendete seinen Vortrag und fragte, ob es Fragen gäbe. Sara biss die Zähne zusammen, um zu verhindern, dass ihr eine der sarkastischen Bemerkungen, die ihr auf der Zunge lagen, herausrutschte.

Die Polizistin – Velena Davis war ihr Name – meldete sich. Sie sagte: „Ich habe gehört, wenn man jemanden verhört und er nach oben links schaut, greift er auf sein Gedächtnis zu. Aber wenn er nach oben rechts schaut, erfindet er eine Lüge."

Andersen lächelte. „Das werden Sie in vielen Artikeln lesen, aber es stimmt nicht. Es wurde vor Kurzem mit einer großen Gruppe von Freiwilligen getestet. Die eine Hälfte wurde angewiesen, über den Verbleib ihres Handys zu lügen, und die andere Hälfte sollte die Wahrheit sagen. Anschließend wurden sie vor laufender Kamera befragt. Es gab keinen Unterschied zwischen der ehrlichen Gruppe und den Lügnern, weder im Blick nach oben noch in der Richtung, in die sie sahen."

OK, dachte Sara. *Ich habe aus diesem Kurs doch einen guten Tipp mitgenommen.* Denn sie hatte dasselbe gehört wie die Polizistin.

„So, lockern wir den Unterricht mit einem kleinen Rollenspiel auf", sagte Andersen. Er teilte ein weiteres Blatt Papier aus.

Auf dem Papier stand: „Sie wurden beauftragt, herauszufinden, wer Gegenstände aus einer Firma stiehlt. Es gibt drei Angestellte, die genug Zugang haben, um das durchzuziehen."

Andersen sagte: „Wir wechseln uns als Befrager und als Befragter ab. Wenn Sie den Befragten spielen, entscheiden Sie, ob Sie schuldig oder unschuldig sind." Er gab dem Kurs einen Moment Bedenkzeit.

Dann bat er Sara, nach vorne zu kommen und es mit ihm durchzuspielen, um es dem Kurs zu zeigen. Andersen spielte zuerst den Befrager. Nach einigen belanglosen Fragen überraschte er sie mit: „Nehmen Sie illegale Drogen?"

Sara zog deswegen die Augenbrauen hoch, antwortete aber wahrheitsgemäß: „Nein."

Andersen beobachtete sie neugierig und aufmerksam. Sara hatte den Eindruck, dass ihre Antwort ihn enttäuschte.

Dann tauschten sie die Plätze. Sara stellte Andersen Fragen, am Anfang einfache. Dann versuchte sie, ihn zu überraschen. Eine Retourkutsche. Sie fragte: „Haben Sie kürzlich ein Verbrechen begangen?"

Andersen gab ihr ein sehr ruhiges „Nein" zurück, ohne verräterische Anzeichen in seiner Körpersprache. Tatsächlich konnte sie sehen, dass er mit einer überraschenden Frage gerechnet hatte, wenn auch nicht mit dieser.

Aber Sara wusste sofort, dass Andersen log.

Er kontrollierte seine gesamte Körpersprache – aber seine Schweißdrüsen konnte er nicht kontrollieren. Als sie die Frage stellte, verströmte er einen plötzlichen, scharfen, beißenden Geruch. Er war so schwach, dass sie wusste, niemand sonst im Kurs konnte ihn riechen. Aber für eine Wolfsnase – selbst in menschlicher Gestalt – war er unverkennbar. Und er trat genau in dem Moment auf, als sie die Frage stellte.

Sie fragte sich, was für ein Verbrechen Andersen kürzlich begangen hatte.

Plötzlich war sie wieder voll bei der Sache. Andersen sah sie mit einem fragenden Blick an.

Oh, verdammt!, dachte sie. *Er weiß, dass ich etwas bemerkt habe.*

Andersen stand auf, lächelte und winkte sie zurück an ihren Platz.

„Danke, Ms. Flores. Drehen Sie sich jetzt bitte zu einem Nachbarn um und führen Sie die Übung jeweils durch."

Der Rest des Kurses war zumindest unterhaltsam. Sara machte die Übung abwechselnd mit dem jungen Polizisten – Mike Walsh hieß er. Sein Lächeln war sogar noch besser, wenn er es ihr zuwandte.

Mike hatte eine freundliche, fast welpenhafte Art, aber er war auch ein meisterhafter Lügner. Er verriet absolut nichts, wenn er log – außer dem Geruch, den nur sie wahrnehmen konnte. Er wusste, dass er gut darin war, also ärgerte es ihn, dass sie ihn jedes Mal durchschaute.

Sara hatte Spaß an der Aufgabe. Aber dreimal, als sie nicht nach vorne blickte, spürte sie Andersens Augen auf sich. Aufmerksam.

Was für ein Verbrechen konnte er begangen haben, das ihn so nervös machte?

2

Nach dem Kurs holte Velena Davis sie auf dem Weg zum Parkplatz ein.

„Hast du Lust auf eine Tasse Kaffee?", fragte sie. „Joe's Joe ist nur einen Block entfernt und gar nicht mal so übel."

Sara überlegte. Irgendwie war ihr diese Frau sympathisch. Aber ... sich bedeckt zu halten, bedeutete ja wohl kaum, mit Polizisten abzuhängen, oder?

Sara musste wohl zu lange nachgedacht haben, denn Velenas Blick verschloss sich. „Kein Problem", sagte sie. „Es wird schon spät."

„Nein", sagte Sara, „doch, gerne. Ich bin nur gerade im Kopf durchgegangen, was ich für einen Termin morgen früh brauche. Aber das passt schon. Lass uns gehen."

Joe's Joe war ein interessanter Stilmix. Es hatte schwarze Wände mit Zierleisten, Theken und Tische aus edlem Nussbaumholz. Modisch, aber mit einem ländlichen Touch. An der Snacktheke gab es neben normalen Sandwiches auch ein paar typisch südkalifornische Sachen wie Avocado und Sprossen. Die schwarzen Kaffeetassen waren großzügig bemessen und der einfache Kaffee war anscheinend köstlich, denn Velena lächelte, als sie daran nippte. Es gab sogar grünen Tee für Sara.

Velena Davis entpuppte sich als eine interessante Frau. Sie war ungefähr so groß wie Sara, etwa 1,70 m – sie waren also auf Augenhöhe. Velena war etwas stämmiger – aber Sara vermutete, dass ein großer Teil davon Muskeln waren. Sonst wäre sie wahrscheinlich nicht zur Kriminalkommissarin aufgestiegen.

Sie bemitleideten sich gegenseitig dafür, dass sie für diesen Kurs tatsächlich Geld bezahlten. Sie waren sich auch einig, dass Andersen ein Schleimbeutel war, der Frauen mit seinen Blicken auszog.

„Aber ... nur junge Frauen", sagte Velena. „Oder Weiße. Mir hat er Gott sei Dank nicht diesen fischbauchweißen Blick zugeworfen."

Beide Frauen schauderten. Dann lachten sie. Velenas Lächeln erhellte ihr ganzes Gesicht.

Sie erzählte Sara, dass sie vor gut 19 Jahren dem Tulsa PD beigetreten war, zu einer Zeit, als es noch eine viel größere Belastung war, sowohl schwarz als auch eine Frau zu sein.

„Wie hattest du nur den Mut?", fragte Sara. „Ich würde mir selbst heute noch Sorgen machen – ich kann mir gar nicht vorstellen, wie es vor 20 Jahren war."

„Aus zwei Gründen", sagte Velena. „Erstens brauchten wir das Geld und es war besser als die meisten anderen Jobs, die ich bekommen konnte. Und zweitens – ich wollte etwas bewirken. Ich wollte Menschen beschützen. Ich weiß, das klingt naiv, aber ..."

„Für mich klingt das ziemlich gut", sagte Sara.

Sara erzählte Velena von ihrem Einsiedlerleben in Colorado – wie sie über eine schlimme Scheidung hinwegkam. Und wie sie hierhergekommen war, weil sie sich nicht mehr verstecken wollte.

Sie plauderten über Restaurants und die guten alten Jungs vom Lande. Dann lehnte sich Velena zurück und nippte an ihrem Kaffee. Ihr Blick war fest auf Sara gerichtet.

„Also", sagte sie. „Wirst du mir verraten, was du bei Greg Andersen gesehen hast? Als du gefragt hast, ob er kürzlich ein Verbrechen begangen hat?"

Sara lehnte sich zurück. „Was meinst du damit?"

„Ich habe da einfach eine gewisse Spannung gespürt. Zuerst bei dir und dann bei ihm."

Sara dachte lange nach – und versuchte herauszufinden, ob ihr das auf die Füße fallen könnte. Vielleicht nicht – wenn sie so tat, als gäbe es einen gewissen Zweifel.

„Okay", sagte sie. „Ich bin mir nur zu 99 % sicher, dass er gelogen hat – dass er *tatsächlich* vor Kurzem ein Verbrechen begangen hat. Es hat mich nur überrascht."

„Worauf stützt du das?"

„Ich bin so eine Art menschlicher Lügendetektor." Sara lächelte zerknirscht, während sie schamlos log. „Als Kind war ich schon ziemlich gut darin und während meiner Ehe wurde ich dann richtig gut. Ich liege gelegentlich falsch – aber das ist sehr selten."

Velena legte den Kopf schief und zog eine Augenbraue hoch.

Sara hob eine Hand. „Grins nicht so! Ich wette, du bist selbst ziemlich gut darin. Nach all den Lügen, die du in deinem Job hörst!"

„Natürlich. Aber ich bin nicht bei 99 %."

Sara fragte sich, ob sie die Sache weiterverfolgen sollte, und entschied sich dafür. Velena konnte Ressourcen mobilisieren, die Sara nicht hatte. Wenn sie neugierig wurde.

„Nun ja...", sagte Sara. „Ich könnte es dir vorführen, aber dafür müsste ich eine persönlich peinliche oder unangenehme Frage stellen. Du müsstest mit Ja oder Nein antworten, aber ich wüsste am Ende, ob du gelogen hast. Ich habe das schon einmal gemacht. Die Person hat danach nie wieder mit mir gesprochen. Es ist sehr übergriffig."

„Zeig es mir – ich komme schon damit klar."

Sara schüttelte den Kopf. „Ich mache keinen Scherz – du wirst mich hassen. Es muss eine sehr unverschämte Frage sein – so wie bei Andersen, als ich nach einer Straftat gefragt habe. Ich glaube nämlich, dass ich zum Teil den Geruch wahrnehme – den der Schweißdrüsen. Ich habe eine sehr empfindliche Nase."

„Ich komme schon damit klar."

Sara überlegte angestrengt. „Ich habe ein wenig Angst, es bei einer Kriminalbeamtin zu versuchen. Ich vermute, ein Grund, warum Menschen zur Polizei gehen, ist der Wunsch, die Kontrolle über Situationen zu haben."

Velena nahm noch einen Schluck Kaffee und dachte nach. „Ja, wir alle mögen zumindest die Illusion, die Kontrolle zu haben. Aber vielleicht bringst du all diese Einwände nur vor, weil du es in Wahrheit gar nicht kannst." Velena zog herausfordernd die Augenbrauen hoch.

„Bist du sicher? Du wurdest gewarnt."

„Ich bin sicher", sagte Velena.

Sara beugte sich vor. „Hast du deinen Mann jemals betrogen?"

Velena verzog bei ihrem Pokerface keine Miene. „Nein", sagte sie.

Sara schüttelte den Kopf. Der Geruch war unverkennbar. „Doch, hast du."

Velena musterte sie. „Statistisch gesehen liegt die Wahrscheinlichkeit bei fünfzig zu fünfzig, dass du recht hast."

„Dann glaub mir eben nicht. Du musst es nicht."

Velena war in Gedanken versunken – weit weg. Nachdenklich. Sie sprach, fast zu sich selbst: „Du wärst eine gute Polizistin gewesen. Vielleicht können wir, wenn ich meine Dienstmarke abgebe, hier und da zusammen an einem privaten Fall arbeiten."

Sie tranken beide aus und saßen nachdenklich da. Dann fragte Velena: „Also, wenn du recht hast – was hat Andersen dann angestellt?"

„Ich habe keine Ahnung", sagte Sara. „Was mir Sorgen macht."

Velena biss sich auf die Unterlippe. „Ich habe bei ihm nichts gemerkt, als er Nein sagte. Aber als du für einen Moment erstarrt bist – da habe ich bei ihm eine Anspannung gespürt. Ich glaube, das hat ihm ganz und gar nicht gefallen. Und er hat dich später im Kurs ein paarmal angesehen. Wenn du recht hast, musst du vorsichtig sein."

„Keine Sorge. Ich verlasse das Haus nicht ohne meine Ruger LC9."

„In deiner Handtasche wird sie dir nicht viel nützen."

Sara tätschelte ihre Brust, direkt unter dem BH. „Sie ist genau hier."

„Nein, wirklich?" Velena klappte die Kinnlade herunter. „Ich habe absolut nichts gesehen – und ich bin hierbei wirklich sehr vorsichtig. Ich muss wissen, wer eine Waffe trägt und wo."

Sara grinste. „Du solltest dir dieses Holster mal ansehen. Es würde bei einer Uniform nicht funktionieren – man braucht ein locker sitzendes Oberteil. Aber man greift einfach darunter und zieht die Waffe nach unten heraus. Und man kann auch noch zwei zusätzliche Magazine darin unterbringen!"

Velenas Augen weiteten sich. „Und man sieht nichts."

„Ich schicke dir den Link, wenn du mir deine E-Mail-Adresse gibst. Es ist von Femme Fatale Holsters."

„War ja klar."

Beide lachten.

Velena schaute auf ihre Uhr. „Ich muss los", sagte sie.

„Natürlich", sagte Sara und stand auf.

Sie verließen Joe's Joe und gingen zum Parkplatz.

Velena streckte ihr zum Abschied die Hand entgegen. „Es war sehr interessant", sagte sie.

Sara nickte nur und schüttelte ihr die Hand.

„Was die andere Sache angeht", sagte Velena. „Das ist eine lange Geschichte, die dich wirklich nichts angeht."

„Du hast Recht", sagte Sara.

3

Sara fühlte sich immer wohl, wenn sie nach Hause kam. Erstens war da ihr Wolfshund Skidi, der sie so begrüßte, als wäre sie der wichtigste Mensch auf der Welt. Das liebte sie an Hunden. Zweitens hatte sie genügend Sicherheitsvorrichtungen im Haus – einschließlich Kameras, die die Straße in beide Richtungen überwachten –, sodass sie sich hier wirklich entspannen konnte.

Der tiefe Seufzer, den sie ausstieß, machte ihr bewusst, wie angespannt sie draußen in der Welt gewesen war.

Sie mochte Velena wirklich. Der Abend zeigte ihr, wie sehr sie es vermisst hatte, eine Freundin zum Reden zu haben. Aber zu Hause zu sein – und zu spüren, wie sich ihre Nacken- und Schultermuskeln entspannten – ließ sie erkennen, warum sie es vermieden hatte, Freundschaften zu schließen.

Im Laufe des letzten Jahres hatte sie angefangen, Angst vor Polizisten zu haben. Davor, dass sie herausfinden könnten, was sie war. Davor, eingesperrt zu werden.

Sie schüttelte den Kopf, um ihn freizubekommen. Ein ordentliches Steak für sie und Skidi wäre jetzt perfekt. Dazu machte sie sich *Pommes frites* – auch wenn ihre französische Mutter entsetzt gewesen wäre, dass sie die Pommes aus Süßkartoffeln statt aus normalen Kartoffeln machte.

Sie seufzte und ließ den vertrauten Schmerz los, ihre Mutter zu vermissen. Auch zwanzig Jahre später wollte Sara immer noch mit ihr reden.

Mit vollem Magen stieß sie ihre Cowboystiefel von den Füßen und kletterte in ihren braunen Ledersessel, der groß genug war, dass Skidi neben sie springen konnte. Sie warf eine Pendleton-Decke über sie beide.

Dann holte Sara ihr Handy hervor – das geschützte, das angeblich nicht einmal die NSA abhören konnte – und rief ihren Computerfreak-Freund Mason Spencer in Zentral-Pennsylvania an. Sie hatte Mason vor etwa einem Jahr vor Leuten gerettet, die ihn umbringen wollten, weil er beim Hacken ihrer Computer etwas herausgefunden hatte.

Seit sie ihn gerettet hatte, wollte Mason ihr helfen. „In ihrem Team" sein. Und irgendwie – obwohl sie ihn beschützen wollte – hatte sie das zugelassen. Der Mann war einfach zu wertvoll für die Art von Missionen, in die sie ständig geriet.

Und ... zum Teufel, seinem Enthusiasmus konnte man nur schwer widerstehen.

Sie gab ihm Andersens Namen, all seine Details und sagte ihm, dass sie dort ein schweres Verbrechen vermutete. Ein kürzlich erst Begangenes.

Am nächsten Tag teilte Mason ihr mit, dass er nichts Verdächtiges über Andersen finden könne. Er hatte seine E-Mail-Konten gehackt – die privaten und die der Universität. Er hatte ein bescheidenes Bankkonto und nichts gefunden, was auf verstecktes Geld hindeutete. Wenn Mason nichts finden konnte, würde sie es auch nicht können.

Das hätte sie beruhigen sollen. Aber sie blieb unruhig.

Mason gab ihr Andersens Privatadresse und Sara verbrachte die nächste Woche damit, sie zu observieren. Jede Nacht sah sie, wie Andersen gegen Abend nach Hause kam und für den Rest der Nacht nicht mehr ging.

Vielleicht war sein Verbrechen etwas Gewaltloses – wie Steuerhinterziehung?

Zwei Wochen später hatte Sara den Kurs bei Andersen

abgeschlossen und war zum Schusswaffentraining übergegangen – weitere 32 Stunden, um eine Lizenz als *bewaffnete* Privatdetektivin zu erhalten. Es ergab keinen Sinn. In Oklahoma brauchte man keine Lizenz, um eine Schusswaffe zu tragen – weder verdeckt noch offen sichtbar. Warum also brauchte man eine zusätzliche Ausbildung für etwas, was man ohnehin tun durfte?

Dieser Kurs wurde von einem anderen Dozenten gehalten, also sah sie Andersen nicht mehr. Sie sah auch Velena nicht mehr im Unterricht, da Polizeibeamte vom Schusswaffentraining befreit waren.

Sara beendete den Kurs, bestand die Prüfung und erhielt ihre Lizenz als Privatdetektivin. Andersen geriet bei ihr in Vergessenheit.

Etwa einen Monat nach ihrem Gespräch mit Velena loggte sich Sara bei *Tulsa World Online* für ihre übliche morgendliche Dosis Nachrichten ein und sah diese Schlagzeile: „Hochdekorierte Kriminalbeamtin im Dienst getötet."

Das lächelnde Gesicht von Velena Davis begleitete den Artikel.

4

Sara war fassungslos.

Laut *Tulsa World Online* waren die Detectives Davis und Clete Bailey losgefahren, um eine gemeldete Schießerei zu untersuchen, und stattdessen in einen Hinterhalt geraten. Davis hatte Bailey heldenhaft zur Seite gestoßen, wurde aber von den Angreifern, die flohen, niedergeschossen.

Sara verließ ihren Computer und ging ins Wohnzimmer. Sie kuschelte sich in ihren Ledersessel und klopfte sich auf die Brust, damit Skidi hochsprang und sich zu ihr gesellte. Sie schlang ihre Arme um den Hund.

Es war so unfair. Neunzehn Jahre im Dienst und Velena war noch nie angeschossen worden. In einem weiteren Jahr hätte sie den Dienst quittiert – und den Rest ihres Lebens in Sicherheit genießen können.

Und warum zum Teufel musste es ausgerechnet Velena treffen? Im vergangenen Jahr hatte Sara einige Leute getroffen, die den Tod verdient hatten. Und andere, die auf dieser Welt nur Platz wegnahmen. Warum musste eine Frau sterben, die Gutes tat – die Menschen half?

Und – der schlimmste Gedanke von allen – hatte es irgendetwas mit dem zu tun, was Greg Andersen vorhatte? War es ein Zufall, dass

Velena einen Monat nach ihrem Gespräch mit Sara starb? Hatte sie Nachforschungen über Andersen angestellt?

Sara stand auf und ging zurück zu ihrem Computer, um mehr herauszufinden.

Polizeichef Myron Willis wurde mit den Worten zitiert, dies sei ein unhaltbarer Angriff auf eine Polizistin, die ihr Leben dem Schutz der Menschen in Tulsa gewidmet hatte – und ein Angriff auf die Polizei selbst.

Es gab schockierte Zitate von Velenas beiden erwachsenen Kindern, dem 34-jährigen Musiker Reginald Davis und Nia Davis, einer Anwältin bei der Staatsanwaltschaft von Tulsa.

Drei Tage später fand sich Sara auf den Straßen von Tulsa wieder und beobachtete Velenas Trauerzug. Sie sah, wie Velenas glänzender weißer Leichenwagen von der All Souls Church unter einer riesigen amerikanischen Flagge hindurchfuhr, die von zwei Kränen, einer an jedem Straßenrand, über die Straße gespannt war.

Sara wischte sich die Tränen weg und versuchte, das Gefühlschaos zu verstehen, das sie erlebte. Sie war traurig, aber da war noch etwas anderes. Etwas ... ja ... sie fühlte sich schuldig.

Aber Velena hatte nie gesagt, dass sie ermitteln würde. Sie war nie wieder wegen der Angelegenheit auf Sara zurückgekommen. Soweit Sara wusste, hatte Velena die Idee beiseitegeschoben, wegen all der „echten" Fälle, die sich auf ihrem Schreibtisch stapelten.

Sara selbst hatte es beiseitegeschoben.

Sara wusste, dass die Chance, dass Andersen involviert war, verschwindend gering war. Aber wenn Velena wegen dem, was Sara ihr erzählt hatte, gestorben war, dann war Sara es ihr schuldig, dies herauszufinden. Alles andere wäre undenkbar.

Sie stellte sich vor, wie sie eines Tages im Jenseits Velena treffen und versuchen würde zu erklären, warum sie nichts gegen den Mann unternommen hatte, der sie getötet hatte. Auf keinen Fall. Sara könnte nicht mit sich selbst leben, wenn sie nicht sicherstellte, dass Andersen nicht beteiligt war.

Nachdem die Entscheidung gefallen war, kehrte Sara nach Hause zurück und googelte die Polizeibehörde von Tulsa, um herauszufinden, wer Velenas Vorgesetzter war. Google gab nur den

Namen des Polizeichefs an und erklärte, dass es zwei Captains gab, die gemeinsam die Kriminalabteilung leiteten. Aber sie kam bei der Suche nach deren Namen nicht weiter.

Ihr Hacker-Freund Mason verschaffte ihr Zugang zu den E-Mails der Polizei. Er fand zwei Detectives mit dem Titel Captain – George Thatcher und Foster Protich. Er überprüfte beide – sehr gründlich –, konnte aber nichts Verdächtiges in ihren E-Mails finden. Er führte auch Finanzüberprüfungen durch – keiner der beiden Männer hatte versteckte Bankkonten oder mehr Geld, als zu erwarten gewesen wäre.

Mason nahm auch Velenas beide Kinder unter die Lupe. Reggie war ein etablierter Jazz-Saxofonist, der mit einer Band namens Rage for Life in Clubs im ganzen Land spielte. Tochter Nia Davis hatte nach ihrem Jurastudium die erwartete Zeit bei der Staatsanwaltschaft verbracht, aber im Gegensatz zu anderen wechselte sie nie zu einer großen Anwaltskanzlei. Sie blieb bei der Staatsanwaltschaft und war zur stellvertretenden Staatsanwältin aufgestiegen. Sie hatte nicht geheiratet.

„Sie hätte für ein hohes Gehalt zu einer Anwaltskanzlei wechseln können", sagte Mason zu Sara. „Sie gehörte zu den besten fünf Prozent ihres Jahrgangs an der juristischen Fakultät und hat eine gute Erfolgsbilanz bei gewonnenen Fällen. Ich glaube, sie ist in die Fußstapfen ihrer Mutter getreten. Sie versucht, die Leute zu schützen, indem sie die Bösen hinter Gitter bringt."

„Ich bin frustriert", sagte Sara zu Mason. „Wir wissen nicht, ob Velena und ihr Partner einfach nur für den nächsten Anruf an der Reihe waren oder ob jemand sie gezielt zu diesem Ort geschickt hat. Wenn sie nur die Nächsten in der Reihe waren, dann hat das nichts mit Andersen zu tun."

„Na ja…", sagte Mason, „Clete Baileys Beförderung ist ein verdammt großer zweiter Zufall."

„Welche Beförderung?"

„Das steht heute Morgen in deinem *Tulsa World*. Er wurde gerade vom Raubdezernat zur Abteilung für Schwerverbrechen versetzt."

„Ist das eine Beförderung?"

„Ich habe „plum assignments police departments" gegoogelt und herausgefunden, dass die Abteilung für Schwerverbrechen und die Mordkommission die beiden angesehensten Dezernate für Detectives sind."

Sara dachte nach. „Wenn er vorher beim Raubdezernat war, warum war er dann bei diesem Einsatz mit Velena? Ich dachte, sie wäre bei der Mordkommission."

„War sie auch", sagte Mason.

„Und … warum sollte man einen Mann befördern, bei dessen letztem Einsatz sein Partner getötet wurde – und er den Bösewicht nicht erwischt hat?"

„Die Bekanntmachung kam vom Polizeipräsidenten."

„Ja, aber ich glaube nicht, dass er die Entscheidung getroffen hat, Bailey zu befördern", sagte Sara. „Wenn er das getan hätte, würde er sich einmischen, wie die Captains ihre Kriminalabteilung leiten. Das würde sie richtig sauer machen – und eine Menge Aufmerksamkeit auf die Beförderung lenken."

Am anderen Ende der Leitung war es still. Mason sagte schließlich: „Du musst mit einem Detective darüber reden – aber das kannst du nicht. Wenn dein Verdacht stimmt, könnte die Person, mit der du sprichst, mit drinstecken. Oder falls nicht, könnte sie bei den Ermittlungen umgebracht werden. Ich habe eine Überprüfung von diesem Bailey angestoßen. Vielleicht kommt dabei ja was raus."

„Ich hoffe es", sagte Sara. „Wir müssen eine Verbindung von irgendjemandem dort zu Andersen herstellen – oder ich liege mit alldem komplett falsch."

Sara legte auf. Sie wollte falschliegen, aber ihr Bauchgefühl schrie sie an, dass sie es nicht tat.

Mason fand nichts über Bailey heraus. Er sagte zu Sara: „Bailey hat keine persönliche Verbindung zu einem der beiden Captains oder zu Andersen. Und in seinen privaten und geschäftlichen E-Mails oder auf seinen Bankkonten gibt es auch nichts Verdächtiges."

Sara verbrachte den nächsten Tag damit, nach Inspiration zu suchen – aber sie war völlig ideenlos. Die einzigen Polizisten, die sie bei der Truppe kannte, waren die beiden anderen, die mit ihr auf der Privatdetektivschule gewesen waren – dieser Hüne, an dessen Namen sie sich nicht erinnern konnte, und Mike Walsh. Sie versuchte sich vorzustellen, wie sie die nötigen Informationen von Mike bekommen könnte. Er würde ihr schon bei der ersten Frage auf die Pelle rücken. Er könnte mit drinstecken – obwohl sie das nicht glauben wollte. Oder er könnte selbst anfangen zu ermitteln und am Ende tot sein wie Velena.

Der einzige Weg nach vorn, den sie sah, war, mit Velenas Tochter Nia zu sprechen. Wenigstens würde die nicht blindlings losstürmen und versuchen, wie eine Polizistin zu ermitteln.

Aber ... wie sollte sie den Tod ihrer Mutter ansprechen, während sie trauerte? „Ach, klar", sagte sie zu Skidi. „Kein Problem. Was kann da schon schiefgehen?"

Am nächsten Nachmittag telefonierte Sara wieder mit Mason und teilte ihm ihre Entscheidung mit. Mason brüllte sie fünf volle Minuten lang an, eine sehr kreative, fluchbeladene Schimpftirade – die „Hundekotze" und mehrere Lupiti-Wörter beinhaltete, deren Bedeutung sie nur erraten konnte. Er schloss mit „Total bescheuerte Idee!"

Was sie natürlich war.

Als er sich schließlich beruhigt hatte, sagte Sara: „Du hast recht, es ist verrückt. Aber ich kann es einfach nicht lassen. Außerdem kann ich mich nicht mit ihr treffen. Sie trauert und ist wahrscheinlich wütend. Es wäre sehr befriedigend für sie, ihren Schmerz an irgendeiner Verschwörungsidiotin auszulassen, die sich ihr aufdrängt. Aber ich glaube, als E-Mail könnte es funktionieren."

Widerstrebend erklärte Mason sich schließlich bereit, ihr zu helfen. Sie feilten an der Formulierung, und am Abend erhielt Nia folgende Nachricht auf ihre private E-Mail-Adresse:

Sehr geehrte Frau Davis,

Sie kennen mich nicht, aber ich habe Ihre Mutter einen Monat vor ihrem Tod kennengelernt. Ich mochte sie sehr und spreche Ihnen mein Mitgefühl für Ihren sehr großen Verlust aus. Damals haben Ihre Mutter und ich über die Idee gesprochen, dass eine Person, die wir kannten, wahrscheinlich eines Verbrechens verdächtig war. Obwohl die Wahrscheinlichkeit, dass dies etwas mit ihrem Tod zu tun hat, vermutlich bei 99,9 % dagegen liegt, mache ich mir Sorgen und möchte sichergehen.

Ich habe selbst nachgeforscht, bin aber in einer Sackgasse gelandet. Um weiterzukommen, brauche ich die Antworten auf diese drei Fragen:

1. Konnte einer der Detective Captains (oder beide?) ihr einen bestimmten Fall zuweisen? Irgendjemand sonst?

2. Hatte sie einen Partner bei der Arbeit und wenn ja – wer war es?

3. Hat sie im letzten Monat mit Ihnen über einen Fall gesprochen, an dem sie dran war? Vielleicht ein Nebenfall, den sie auf eigene Faust untersucht hat?

Bitte besprechen Sie dies mit absolut niemandem. Ihre Mutter war eine kluge, vorsichtige, misstrauische Frau – und wenn meine Befürchtungen stimmen, hat sie der falschen Person vertraut.

Ich werde noch vorsichtiger sein, weshalb ich Sie anonym kontaktiere. Es könnte sogar jemand aus Ihrem Büro involviert sein.

Ja, ich weiß, wie paranoid mich das alles klingen lässt. Aber Velena ist tot. Lassen Sie mich sicherstellen, dass es das ist, was man sagt. Nur für den Fall, dass es das nicht ist.

Bitte gehen Sie auf die folgende Webseite – verwenden Sie dazu die unten angegebene ID und das Passwort. Geben Sie mir Ihre drei Antworten, mit so vielen Details wie möglich zur dritten Frage.

Ich werde mich bei Ihnen melden – spätestens innerhalb von drei Wochen. Ich werde Ihnen entweder sagen, dass meine Befürchtungen unbegründet waren, oder ich werde Ihnen sagen, was ich herausgefunden habe.

Es tut mir leid, Sie zu diesem Zeitpunkt damit zu behelligen. Aber ich glaube, Sie wollen es genauso sehr oder sogar noch mehr wissen als ich.

-Nennen Sie mich besorgt

Sara stopfte sich mit Rennie und Alka-Seltzer voll, während sie auf eine Antwort wartete. Mason versicherte ihr, dass die private Webseite nicht zurückverfolgt werden könne und verschwinden würde, nachdem Nia Davis geantwortet hatte. Falls sie es tat.

Am dritten Tag erschien diese Nachricht auf der Webseite:

1. Ihr Captain Foster Protich ist der Einzige, der ihr einen speziellen Auftrag geben würde.

2. Ihr langjähriger Partner, Herman Rodriguez, ist letztes Jahr in den Ruhestand gegangen. Ihr Partner für die letzten sechs Monate ist Mike Walsh. Aber Mama meinte, Walsh überlege, aus dem Dienst auszuscheiden.

3. Sie hat mir nichts von irgendwelchen Nebenprojekten erzählt.

4. Wenn ich bis Tag 22 nichts von Ihnen höre, werde ich die gesamte Macht der Staatsanwaltschaft von Tulsa und meiner Freunde bei der Polizei nutzen, um Sie zu finden und dafür zu sorgen, dass Sie sich wünschen werden, nie geboren worden zu sein. UND dann werden Sie sich verdammt noch mal mit mir treffen und mir alle meine Fragen beantworten.

„Man kann es ihr nicht verübeln", sagte Mason.

„Das tue ich nicht – tatsächlich mag ich sie für die Drohung. Aber ich hatte wirklich gehofft, sie wüsste, ob ihre Mutter nebenbei gegen Andersen ermittelt hat."

Mason sagte, er würde weiter versuchen, mehr über Protich herauszufinden. „Aber wenn er Geld versteckt, dann ist er besser darin als jeder, den ich kenne – einschließlich der Sicherheitsleute. Dasselbe gilt für Andersen."

6

Sara hatte keine Spuren mehr und wusste nicht, wo sie nach neuen suchen sollte. Aber ihr Bauchgefühl beharrte darauf, dass Velenas Tod ihre Schuld war – weil sie Velena auf Andersen angesetzt hatte.

Schließlich gab Sara nach und tat das Einzige, was sie unbedingt hatte vermeiden wollen – sie rief Mike Walsh an. Wenn er mit drinsteckte – großartig. Sollte er doch hinter ihr her sein. Sie war wütend genug, um ihn und jeden anderen Beteiligten in Stücke zu reißen. Aber wenn nicht ... müsste sie einen Weg finden, ihn zu beschützen, falls er wie Velena anfangen sollte zu ermitteln.

Saras Vorwand für den Anruf bei Mike war die Frage, ob er es ernst meinte, eine Detektei zu gründen. Wenn ja, wollte sie mit ihm darüber sprechen.

Leider hatte er Joe's Joe für ihr Treffen ausgewählt.

Es war ein Fehler von Sara, an diesen Ort zurückzukehren. Die schwarzen Wände, die warmen Holztöne überall, die großen weißen Kaffeetassen – all das erinnerte sie an Velena Davis. An die Freundin, die sie vielleicht hätte werden können.

Sara setzte sich so weit wie möglich von dem Platz entfernt, an dem sie mit Velena gesessen hatte, aber das half nicht gegen ihre

Traurigkeit. Als sie sah, wie Mike zur Tür hereinkam, winkte sie ihn zu sich. *Sorg nicht dafür, dass er auch noch getötet wird,* meldete sich ihr Verstand zu Wort.

Sie war ja ein richtiges Sonnenscheinchen.

Mike schüttelte ihr mit einem Lächeln im Gesicht die Hand. Sara riss sich innerlich zusammen und versuchte, sich auf Mike zu konzentrieren. Sie hatte vergessen, wie attraktiv er war. Weniger vom Aussehen her – sie hatte sich noch nie zu Bürstenhaarschnitten hingezogen gefühlt. Sondern wegen seiner Art. Er war eifrig und an Dingen interessiert – fast wie ein junger Hund. Voller Tatendrang. Er konnte zwar den Bullenblick aufsetzen, aber das war nicht seine Standardeinstellung.

„Ist alles in Ordnung mit dir?", fragte er und lümmelte sich ein wenig in dem gepolsterten, bequemen Stuhl.

Konnte er ihre Gedanken lesen? Sara sah ihn fragend an.

„Entschuldige. Du musst nicht darüber reden. Aber ich habe dich durchs Fenster gesehen, bevor ich reingekommen bin – und du sahst wirklich traurig aus."

Fall doch gleich mit der Tür ins Haus, sagte sie sich.

„Ich habe an Velena Davis gedacht. Wir haben hier nach einem unserer Kurse für Privatdetektive einen Kaffee getrunken. Ich mochte sie wirklich sehr."

Mikes Gesichtszüge wurden traurig. „Sie war eine gute Frau."

Sie saßen beide eine Weile schweigend da. Eine Kellnerin trat mit einem breiten Lächeln an ihren Tisch. Mike bestellte einen riesigen, schwarzen Kaffee und Sara einen eisgekühlten grünen Tee Latte – ohne Süßstoff.

Die Kellnerin spürte die gedrückte Stimmung am Tisch und eilte davon, um die beiden allein zu lassen.

„Wir waren Partner", sagte Mike. „Die letzten sechs Monate, nachdem ihr langjähriger Partner in den Ruhestand gegangen war. Die beste Partnerin, die ich je hatte. Ich hätte fast überlegt, doch noch länger zu bleiben."

„Warum wolltest du denn aufhören?"

Mike blickte nach unten.

„Entschuldige", fügte sie hinzu. „Ich wollte nicht neugierig sein. Ich dachte nur, alle Polizisten bleiben so lange im Job, bis sie Anspruch auf ihre Pension haben."

Mike sah sie an. Dann verzog er das Gesicht. „Ich habe festgestellt, dass ich grottenschlecht darin bin, Befehle entgegenzunehmen", sagte er. „Und Formulare auszufüllen. Ich wurde nicht zum Militär eingezogen, also hatte ich keine Ahnung, wie ich darauf reagieren würde. Ich liebe es, Verbrechen aufzuklären, aber diese Berge von Papierkram …"

Die Kellnerin kam mit ihren Bestellungen zurück und ging dann wieder. Sara nahm einen Schluck von ihrem Kaffee und nickte dann. „Viel besser als bei Starbucks."

Mike ergriff die Ablenkung. „Etwas versnobt, was? Warum ist er besser?"

„Zu deiner Information – falls du mal auf ein besseres Getränk als diese Plörre umsteigen willst …"

Mike zog eine Augenbraue hoch.

„… Starbucks mischt Süßstoff unter das Matcha-Pulver. Zu ihrer Verteidigung muss man sagen, dass die meisten Amerikaner ungesüßten grünen Tee hassen – er ist bitter."

„Lass mich mal probieren", sagte er.

„Nö. Ich habe meine Lektion gelernt. Ein paar wenige Leute wie ich finden, es ist das Beste, was sie je getrunken haben. Alle anderen spucken es wieder aus. Ich will nicht, dass du es ausspuckst und mich hier blamierst."

Sara nahm noch einen Schluck.

„Mike, wenn du Velenas Partner warst, warum war sie dann mit diesem Clete Bailey unterwegs, als sie angeschossen wurde?"

Mikes Lächeln verschwand. „Es war nach Dienstschluss. Bailey hat einen Tipp bekommen und sein Partner war auch schon gegangen. Er hat sie als Verstärkung dazugeholt."

„Aber Bailey ist doch beim Raubdezernat. Warum sollte er ausgerechnet sie fragen?"

Mike sah sie an und sein Blick wandelte sich von warm zu dem eines Polizisten. „Der Tipp besagte, dass es eine Leiche gab."

Sara wartete auf mehr, aber Mike hatte aufgehört zu reden.

Sara musste es einfach wissen. Also warf sie alle Vorsicht über Bord und fragte: „Warum wurde Bailey dann zu den Schwerverbrechen befördert?"

Mike sah sie eindringlich an. Schließlich sagte er: „Du hast Nia die E-Mail geschickt, nicht wahr?"

7

Sara konnte nicht anders – ihre Augen weiteten sich. Sie holte tief Luft und stieß sie wieder aus. Das war eine Katastrophe.

„Nia hat mit dir darüber geredet?"

Mike nickte.

„Verdammt, Mike." Sara war stinksauer. „Ihr wollt euch beide wohl umbringen lassen. Nia wollte mir eigentlich drei Wochen Zeit geben."

Mikes Augen verengten sich. Leise und wütend sagte er: „Ich bin Polizist. Sie ist Staatsanwältin. Wer zum Teufel bist du?"

Sara sah sich um – dankbar, dass niemand in Hörweite war. Sie beugte sich vor. „Ich bin eine Unbekannte, das ist der Punkt. Deshalb bin ich die Richtige dafür."

Sie lehnte sich im Stuhl zurück und presste die Lippen aufeinander, um einen Schrei der Frustration zu unterdrücken. Sie beugte sich wieder vor und sagte: „Dir ist schon klar, dass hier ein Polizist involviert sein muss? Ein hochrangiger Polizist?"

Sara stand auf. *Diese Idioten!* Sie sah sich wieder um. Die Hälfte der Leute im Restaurant starrte sie an. Sie kramte in ihrer Handtasche und warf etwas Geld auf den Tisch. Sie sah Mike an, schüttelte den Kopf und ging zur Tür hinaus.

Aus den Augenwinkeln sah sie, wie auch Mike aufstand und ihr folgte.

Sara stapfte den Gehweg entlang, überquerte eine Straße zum Parkplatz und stieg in ihren F150-Truck. Mike rannte zu ihrem Fahrerfenster und klopfte dagegen. Sara starrte ihn an. Dann entriegelte sie die Beifahrertür und deutete auf den Sitz.

Er sah überrascht aus, aber nachdem er darüber nachgedacht hatte, sah sie ihn nicken. Er ging um den Truck herum und stieg ein. Sara sah sich vorsichtig um. Der Parkplatz war halb voll, größtenteils mit Trucks und ein paar Autos. Keines war näher als fünfzehn Fuß geparkt und sie sah niemanden in einem der Fahrzeuge sitzen.

Sie umklammerte ihr mit Leder überzogenes Lenkrad, als könnte sie es verbiegen. Sie wandte sich Mike zu.

„Weißt du überhaupt, worüber ich mir Sorgen mache? Warum es Velena das Leben gekostet haben könnte? Oder tappt ihr mit Nia einfach nur im Dunkeln?"

„Hey, Lady, ich bin seit zehn Jahren bei der Polizei." Er wurde wütend.

„Schön für dich. Velena hatte fast vierzig Jahre auf dem Buckel – und sie ist trotzdem tot."

„Sie war meine Partnerin. Ich kann es nicht auf sich beruhen lassen." In Mikes Stimme lag ein krächzender Ton.

Sie starrten sich an.

Mike fügte hinzu: „Du würdest es auch nicht auf sich beruhen lassen – wenn du an meiner Stelle wärst."

Sara schlug sich beide Handflächen ins Gesicht und bedeckte ihre Augen. Sie rieb sie. Sie fuhr mit ihren Händen nach oben und fuhr sich mit den Fingern durch die Haare. Sie sah ihn an, ihre Wut war verflogen.

„Du hast recht", gab sie zu. „Du hast recht."

„Also, was ist deine Rolle in dieser Sache?", fragte er.

Sara schüttelte den Kopf. „Beantworte mir zuerst Folgendes: Hat sie an einer eigenen Ermittlung gearbeitet? Etwas auf eigene Faust?"

„Ja."

„Weißt du, worum es ging?" Sara konnte sehen, dass Mike lieber

Fragen stellte, als beantwortete. Aber er besann sich eines Besseren und antwortete.

„Nein", sagte er. Sie konnte spüren, dass es die Wahrheit war.

„Meine „Rolle" in dieser Sache", sagte sie, „ist, dass ich sie, glaube ich, auf die Idee für ihre eigene Ermittlung gebracht habe. Wenn das so ist, habe ich sie auf dem Gewissen. Und indem ich diese E-Mail an Nia geschickt habe, werde ich jetzt wahrscheinlich auch noch euch beide umbringen."

„Danke für deine Meinung über meine Fähigkeiten", sagte er.

„Sind sie besser als die von Velena?"

„Nein. Aber ich kann dir garantieren, dass ich viel vorsichtiger sein werde."

„Und Nia?"

„Stellen wir das sicher." Mike zog sein Handy heraus und wählte eine Nummer auf der Kurzwahl.

„Ich bin's", sagte er. „Ich habe jemanden, den du kennenlernen musst. Kannst du weg?"

Mike hörte zu und sagte dann: „Am besten jetzt gleich." Er nickte in Richtung des Telefons und fügte hinzu: „Nirgendwo in der Öffentlichkeit."

Sara berührte seinen Arm. „Sag ihr, sie soll uns am Lupiti-See treffen."

„Das ist dreißig Minuten von hier!"

„Genau. Und wir können dort jeden auf zwei Meilen in alle Richtungen sehen."

Mike nickte.

8

Der Lupiti Lake erstreckte sich über einen Quadratkilometer und hatte eine Uferlinie von fünf Meilen. Sara und Mike trafen sich mit Nia an ihrem Wagen am Haupteingang, dann fuhren sie zu der praktisch menschenleeren Seite und parkten.

Etwa anderthalb Meilen entfernt gab es einen Angelbereich. Sie konnten zwei Männer in einem baufälligen Fischerboot beim Auswerfen ihrer Angeln sehen. Eine Meile in die andere Richtung standen zwei heruntergekommene Wohnmobile auf dem Campingplatz, und ein paar Familien saßen um ein Lagerfeuer. Sonst war niemand auf dem See, außer einem Schwarm Haubentaucher, die auf dem Wasser schaukelten – ihre grauen Körper wurden durch die weißen Halsflecken hervorgehoben, die bis knapp unter ihre Augen reichten.

Sara weigerte sich, in der Nähe von Nias Wagen zu sprechen, da sie davon ausging, dass er verwanzt sein könnte. Stattdessen zwängten sie sich in Saras F150-Truck.

Saras erste Worte an Nia waren: „Ich kann dir gar nicht sagen, wie stinksauer ich bin, dass du mit jemandem darüber gesprochen hast."

Nia schoss zurück: „Ich bin genauso sauer auf dich. Du hast diesen Brief abgeschickt, ohne mir die Chance zu geben, mich zu beteiligen. Wer zum Teufel glaubst du, wer du bist – der Lone Ranger?"

Sara versuchte, sich zu beruhigen. „Ich bin jemand, der sich schuldig fühlt, weil deine Mutter gestorben ist – und der sich nicht noch wegen weiterer toter Menschen schuldig fühlen will."

„Und", fuhr sie fort, „ja, ich bin es gewohnt, wie der Lone Ranger zu handeln. Ich bin es gewohnt, Leuten zu helfen, die sich nicht selbst helfen können. Ich gebe zu, ihr beide seid nicht wie sie.

„Aber ... das war deine Mutter auch nicht, verdammt noch mal. *Ich mochte sie.* Sie würde mich umbringen, weil ich dich da mit reingezogen habe."

Sie saßen schweigend da. Mike brach schließlich das Schweigen. „Wie wäre es mit einem Waffenstillstand? Wir stecken jetzt mit drin, also, was machen wir jetzt?"

Sara rieb sich erneut die Augen. „Du hast recht."

Also erzählte Sara ihnen die ganze Geschichte. Den Kurs, den Lehrer Greg Andersen, ihr Gespräch mit Velena bei einem Kaffee. Sie verriet ihnen nicht, wie sie Velena davon überzeugt hatte, dass sie eine Lüge riechen konnte – nur, dass sie es getan hatte.

Nia und Mike saßen eine Minute lang da, beide sahen fassungslos aus.

„Das ist alles?", fragte Nia ungläubig. „Nur seine Reaktion auf deine Frage nach einem „kürzlich begangenen Verbrechen"?"

Mike schüttelte langsam den Kopf. „Nicht ganz", sagte er. „Andersen hat wirklich auf Sara reagiert. Aber ich dachte, er wäre nur genervt, weil eine Studentin ihn übertrumpft hat."

Sara nickte. „Das war auch dabei."

Nia fragte Sara: „Also, was genau machst du beruflich?"

Um solche Fragen zu beantworten, hatte Sara ihre Lizenz als Privatdetektivin gemacht.

„Ich bin Privatdetektivin", sagte sie. „Das war ich vorher auch schon, aber jetzt habe ich eine Lizenz. Ich helfe Menschen. Aber ich bin hier mit drin, weil deine Mutter gestorben ist – und ich glaube, dass Andersen damit zu tun hat."

Mike öffnete die Tür und stieg aus. „Ich muss mal Luft schnappen", sagte er.

Sara und Nia stiegen ebenfalls aus. Sie gingen die drei Meter zum Wasser. Eine leichte Brise wehte und kräuselte die Oberfläche des Sees. Mike hob einen Stein auf und ließ ihn über das Wasser hüpfen, sodass er dreimal aufsprang.

„Also ...", wollte Nia gerade ansetzen, aber Sara drehte sie vom Wasser weg.

„Tu mir den Gefallen", sagte sie. „Nur für den Fall, dass wir verfolgt wurden und jemand, der Lippen lesen kann, da drüben mit einem Fernglas sitzt."

Nia zog die Augenbrauen hoch, aber sie nickte. Alle drei drehten sich um 180 Grad vom See weg.

„Also ...", fuhr Nia fort, „du hast einen Tech-Guru, der Andersen durchleuchtet hat? Und er hat nichts gefunden?"

„Bisher nichts bei Telefonen, E-Mails oder Bankkonten", sagte Sara. „Und bevor du fragst, mein Mann ist gut. Richtig gut."

In der darauffolgenden Stille lag Verwirrung.

„Und", sagte Sara, „ich habe Andersens Haus eine Woche lang beobachtet. Der Kerl verlässt sein Haus nicht."

Mike sagte: „Ich glaube, das hat Velena auch gemacht. Ihn beschattet. Sein Haus beobachtet. Sie hat ein paar lange, langweilige Stunden geschoben. Sie war die ganze Zeit müde."

Nia fragte: „Glaubst du, er hat sie gesehen?"

„Oder jemand anderes hat sie gesehen", stimmte Sara zu. „Ein anderer Beobachter. Oder eine Kamera."

Mike spitzte die Lippen. „Wenn das stimmt – wenn wir uns das nicht alles nur ausdenken –, dann steckt Clete Bailey wahrscheinlich mit drin."

Sara sagte: „Das muss er ja fast sein. Und es muss noch ein anderer Cop mit drinstecken – einer, der ranghöher ist als Bailey. Denn Bailey hat das nicht auf eigene Faust gemacht. Ich schätze, es ist derjenige, der ihn danach befördert hat."

„George Thatcher hat ihn befördert", sagte Mike.

„Das ist komisch", sagte Sara. „Es ist unwahrscheinlich, dass er und Protich beide Dreck am Stecken haben, oder?"

Mike nickte.

„Vielleicht ...", sagte Nia, „vielleicht, wenn Andersen das Haus nicht verlässt – dann ist das, was auch immer er tut, dort drin. Er muss gar nicht rausgehen."

Alle drei sahen sich an. Mike nickte. „Das ist einen Blick wert."

„Ich lasse meinen Techniker die Baupläne des Hauses besorgen", sagte Sara. „Und Andersens Stundenplan – wann er nicht zu Hause sein wird."

„Plant nur nichts ohne mich", sagte Nia.

Sara sah die beiden an. „Grundregeln", sagte sie. „Nur mein Techniker überprüft Thatcher, Andersen und Bailey. Wir sollten davon ausgehen, dass sie Mikes Computer überwachen – und wahrscheinlich auch Nias."

Beide nickten.

Mike sagte: „Wenn wir nichts finden, hören wir damit auf. Geben zu, dass es hier nichts gibt, was Velenas Tod hätte verursachen können. Verdammt, vielleicht hat sie ja in etwas anderem ermittelt, das damit nichts zu tun hat."

„Einverstanden", sagte Sara. Nia nickte.

9

Mason meldete sich am Sonntag bei Sara mit Andersens Hausplänen und Zeitplan, also hinterließ Sara eine Nachricht für Mike und Nia. Sie bestellte sie für den nächsten Tag getrennt voneinander ins Cinemark-Kino in Broken Arrow zu einer Mittagsvorstellung der Retrospektive des Films *Dune* aus dem Jahr 1984.

Wie erwartet waren nur wenige Leute im Kinosaal. Sara saß mit dem Rücken zur hinteren Wand. Mike kam als Nächster an.

„Hättest du nicht irgendeinen schönen Ballerfilm aussuchen können?", fragte er. „Ich hab diesen Sci-Fi-Mist noch nie kapiert."

„Du und jeder andere Kerl in Tulsa", erwiderte Sara und verdrehte die Augen. „Wir sind hier, weil ich keine Menschenmenge wollte."

Sara reichte ihm den Eimer Popcorn. „Beschwer dich nicht, dass keine Butter dran ist", sagte sie. „Es ist in Wirklichkeit ranziges Öl mit Buttergeschmack. Wenn du das willst, kannst du dir dein eigenes holen."

Mike klopfte sich auf die Brust. „Hey, dieser Körper ist ein Tempel. Ich beschütze ihn."

„Ja, ja", sagte sie lächelnd.

Zwei Minuten später kam Nia mit roten Augen an – sie sah aus, als hätte sie geweint. Sie schnappte sich den Popcorneimer aus Mikes Händen, setzte sich und schob sich eine Handvoll Popcorn in ihren herzförmigen Mund.

„Alles in Ordnung bei dir?", fragte Mike.

„Machen wir's kurz", sagte Nia. „Ich habe nach dem Mittagessen zwei Arschlöcher auf dem Plan, denen ich mal ordentlich den Marsch blasen muss."

Okay, dachte Sara, *wenn sie das Spiel so spielen will.*

Sara lächelte. „Schön, dich auch zu sehen, Nia."

„Du kannst mich mal."

„Ich passe."

„Hey", sagte Mike. „Ich schon."

Beide Frauen verdrehten die Augen.

„Okay", sagte Sara. „Folgendes haben wir. Erstens, mein Techniker hat die Schulakten durchforstet und endlich eine winzige Verbindung zwischen Andersen und einem Captain gefunden – aber es ist nicht Thatcher. Protich hat Andersen für die Lehrerstelle empfohlen. Sie mussten sich also zumindest gut genug kennen, dass er das tun konnte."

Nia und Mike zogen beide die Augenbrauen hoch. Sara unterdrückte ein Lächeln.

„Zweitens, Andersen unterrichtet wieder diesen Kurs für Privatdetektive, in dem Mike und ich waren – sowohl morgen als auch am Donnerstagabend. Er dauert von 18:30 bis 20:30 Uhr. Rechnet man mit 15 bis 20 Minuten Fahrtzeit pro Strecke, haben wir also von etwa 18:10 bis 20:45 Uhr Zeit. Machen wir es am Donnerstag, dann haben wir noch etwas Zeit zur Vorbereitung."

Sara sah Mike und Nia an und beide nickten.

„Wir brauchen sicher keine drei Leute drinnen, also Nia ... wir brauchen wirklich einen Beobachter."

„Nein", sagte Nia. „Es geht um meine Mom. Und macht euch keine Sorgen um mich – ich bin die Tochter eines Cops. Ich schieße schon, seitdem ich auf der Welt bin."

Sara sah zu Mike, der mit den Schultern zuckte. Sara seufzte. „Okay, sieht so aus, als müsste ich ein paar Nachtsichtkameras besorgen, um Nia als Beobachterin zu ersetzen. Und ich bringe eine

Satellitenkarte und ein paar drahtlose Headsets mit – damit mein Techniker mit uns in Kontakt bleiben kann. Es ist besser, wenn wir keine Polizeiausrüstung mitbringen. Sie könnten uns beobachten."

Mike sah Sara mit nachdenklichem Gesichtsausdruck an.

„Was?", fragte sie.

„Du *hast* das schon mal gemacht."

„Na, logisch!"

Mike sagte: „Warum habe ich das Gefühl, dass du uns nicht dabeihaben willst? Du willst es im Alleingang durchziehen."

„Seid nett zueinander, ihr zwei", sagte Nia.

Die drei vereinbarten, sich am Donnerstag um 17 Uhr auf dem Parkplatz eines örtlichen Einkaufszentrums zu treffen. Mike und Nia standen auf und gingen.

Sara blickte zur Kinoleinwand hoch. Sie *mochte* diesen „Sci-Fi-Kram" zwar, aber sie erinnerte sich an diesen alten *Dune*-Film als einen Reinfall – ganz anders als der gute von 2021. Sie ging ebenfalls.

10

Gleich in der nächsten Nacht – am Dienstag – fuhr Sara mit ihrem Truck vor und parkte etwa eine Meile von Andersens Haus entfernt. Nia und Mike würden sie abgrundtief hassen, wenn sie herausfänden, dass sie ohne sie hineingegangen war. Aber das sollte nur eine schnelle Sache werden, rein und wieder raus. Falls nicht – sie hatte bessere Chancen, eine Begegnung mit einem Bewaffneten zu überleben.

Und sie würde es verdammt nochmal nicht zulassen, dass noch jemand ums Leben kommt.

Sie ging zur Rückseite des Hauses, trug dünne Latexhandschuhe, eine Tasche und einen Fußball. Sie befestigte eine Nachtsichtkamera an einem Baum, der auf die Rückseite von Andersens Haus gerichtet war. Dann umrundete sie das Haus und befestigte eine weitere an einem Telefonmast, der auf den Hauseingang zeigte.

Während sie sein Haus betrachtete, dachte Sara erneut, dass es eine seltsame Wahl für einen aufpolierten Frauenhelden wie Andersen war. Es sah aus wie ein Haus, in dem seine Mutter gelebt haben könnte, lange nachdem sie nicht mehr in der Lage gewesen war, es in Schuss zu halten. Weiße Ziegel, dunkelbraune Verkleidung und Dach. Ein verwilderter Garten und tote Blumenbeete.

Aus den Unterlagen ging hervor, dass es *tatsächlich* das seiner

Mutter war – Andersen hatte es nach ihrem Tod geerbt. Für Sara war es ein Warnsignal, dass er es nicht verkauft und das Geld in eine chromblitzende Eigentumswohnung gesteckt hatte, die eher seinem Stil entsprach.

Was es jedoch bot, war eine gewisse Abgeschiedenheit. Die Häuser in dieser Straße waren 15 bis 25 Fuß von der Straße zurückgesetzt. Die Nachbarn auf der einen Seite von Andersens Haus waren 50 Fuß entfernt, auf der anderen Seite 30 Fuß. Hinter seinem Haus befand sich ein leeres Grundstück.

Sie meldete sich über ihren Ohrhörer bei Mason, der bestätigte, dass er von beiden Kameras klare Bilder erhielt.

„Mir gefällt das nicht", sagte Mason ihr zum neunhundertsten Mal. „Ich verstehe, dass du Nia beschützen willst. Aber Mike könnte sich behaupten. Du hättest ihn mitnehmen sollen. Ich glaube, du meidest ihn, weil du dich zu ihm hingezogen fühlst."

„Wie bitte?"

„Wann hattest du das letzte Mal Sex? Ich wette, du kannst dich nicht einmal mehr daran erinnern."

„Du willst über mein Sexleben reden? *Jetzt*? Vielleicht sollten wir über deins reden? Oder ... Mensch ... hier ist eine Idee. Vielleicht sollten wir stattdessen darüber reden, dass ich gleich in das Haus eines Verbrechers einbreche?"

Sara schüttelte den Kopf und grummelte. „Du bist nicht meine Mutter. Jetzt halt die Klappe – ich gehe rein."

11

Sara stand vor der Hausfront, holte den Fußball hervor und warf ihn gegen die Eingangstür. Er traf den Türpfosten und prallte etwa sechs Meter weit auf den unbefestigten Boden zurück. Keine hörbaren Sirenen ertönten. Kein einziges Licht ging an.

Sara ging zur Tür, ihre John-Deere-Baseballkappe tief ins Gesicht gezogen, um es vor eventuellen Kameras zu verbergen. An der Tür befanden sich zwei Riegelschlösser – ein Yale und ein Schlage.

Sara wusste, dass sie sie nicht knacken konnte. Sie konnte nicht fassen, dass in all den Filmen und Romanen die Leute so einfach Schlösser knackten. Sie war sich nicht sicher, ob überhaupt jemand ein Schloss knacken konnte. Vielleicht war das alles nur gelogen.

Letztes Jahr hatte Sara ein Dietrich-Set gekauft, bei dem man die Zuhaltungen im Inneren des Schlosses sehen konnte. Selbst mit der Anleitung hatte sie es nicht geschafft. Sie hatte Stunden über Stunden – ja sogar Tage – damit verschwendet, es zu meistern. Schließlich hatte sie das Schloss mit einem Hammer in winzige Stücke geschlagen, bevor sie es wegwarf.

Sie nahm die Nachtsichtkamera von ihrem Revers und richtete sie auf den gesamten Bereich um die Tür, wobei sie sich auch Zeit für die Dachvorsprünge nahm. Mason teilte ihr über ihr Headset mit, dass er keine Kameras sehen konnte.

„Zwei Riegelschlösser, aber keine Lichter und keine Kameras? Das ergibt keinen Sinn."

Sara bewegte sich um die Seite des Hauses herum, dorthin, wo niemand, der vorbeifuhr, sie sehen würde. Eine weitere Überprüfung mit der Kamera ergab nichts. Sara setzte ihre Nachtsichtbrille auf und untersuchte das Fenster sorgfältig. Es war aus Milchglas, als wäre es ein Badezimmerfenster. Es gab kein Sicherheitsklebeband, das mit einer Alarmanlage verbunden war.

Sie zog eine Rolle breites, schwarzes Isolierband hervor – klebriger als Panzertape – und bedeckte die untere Fensterscheibe damit, wobei sie es fest andrückte. Sie nahm einen Glasschneider und schnitt einen Kreis in die untere Ecke, groß genug für einen Arm. Sie klopfte auf das Glas innerhalb des Kreises und hörte, wie es zerbrach. Dann zog sie das Klebeband ab und der Kreis aus nun gebrochenem Glas löste sich mit ihm.

Vorsichtig schob sie ihren Arm durch das Loch und öffnete den Fensterverschluss. Sie schob das Fenster hoch und blieb dann lauschend stehen. Sie hörte nichts.

Sie befestigte die Kamera für Mason wieder sicher an ihrer Jacke und kletterte durch das Fenster. Sie befand sich in einem kleinen Raum mit nur einem Waschbecken und einer Toilette. Altmodische Tapeten an den Wänden.

Sara musste das Haus sichern. Sie ging zur Tür, lauschte aufmerksam und trat dann hinaus, ihre Ruger LC9 voran. Sie hatte gerade nach links geschaut – frei –, als sie endlich bemerkte, dass ihr Wolfsgehirn sie anschrie.

Männergeruch!

12

Eine Pistole berührte ihre rechte Schläfe. Wow! Das war etwas, das sie nur ein einziges Mal zuvor erlebt hatte und nie wieder erleben wollte. Der kalte Stahl ließ ihren Magen verkrampfen und ihr den Atem stocken.

Sie war sich nicht sicher, ob sich selbst ein Werwolf davon erholen könnte, wenn man ihm das Hirn rausbläst. Sie wollte es nicht ausprobieren. Niemals.

Sara spannte sich an. Ihre rechte Hand konnte sich schnell bewegen – die Waffe beiseite schlagen –, während sich ihre linke Hand mit der Pistole auf den Mann richten konnte. Oder auf Zeit spielen? Er hatte noch nicht geschossen. Vielleicht wäre er dumm genug, reden zu wollen?

Sara atmete vorsichtig ein und zuckte dann bei dem Geruch zusammen, den sie aufnahm. Wann würde sie endlich lernen, zuerst mit der Nase zu „schauen"? Noch vor ihren Augen.

„Hi Mike", sagte sie. „Hast du vor, mich zu erschießen? Habe ich was Falsches gesagt?"

Sie spürte, wie er erstarrte. Er nahm die Pistole von ihrer Schläfe. Er drückte auf ihre rechte Schulter, um sie zu sich umzudrehen. Sara schwenkte bei der Drehung ihre Waffe herum und richtete sie direkt auf ihn.

Sie starrten sich an und auf die Waffen, die jeder auf den anderen gerichtet hatte. Sie schienen wie erstarrt.

Mike blinzelte zuerst, dann riss er seine Waffe hoch, von ihr weg. Sara senkte ihre.

„Na, wer spielt hier jetzt den Cowboy?", fragte sie.

Die rechte Seite von Mikes Schnurrbart zog sich nach unten. „Wir beide, anscheinend", sagte er.

„Wie lange bist du schon hier drin?"

„Seit etwa zehn Minuten. Ich hab alles überprüft. Niemand ist hier."

Sara sah auf Mikes Hände. Ja, er trug dünne Handschuhe, genau wie sie. Mike bemerkte ihren Blick.

„Ich bin kein Idiot", sagte er.

Sara zuckte zusammen. „Ich weiß. Aber ich nehme an, dass die Polizei normalerweise nicht in die Häuser von Leuten schleicht und sich Sorgen macht, Fingerabdrücke zu hinterlassen. Zumindest hoffe ich das."

„Und du schon?"

Sara ignorierte die Frage.

„Lass mich und M... meinen Techniker diesen Ort ansehen", sagte Sara. Sie würde Masons Namen nicht vor einem Polizisten aussprechen.

Sie durchsuchte das Haus schnell und ließ Mason über die Kamera die Decken, Bilder und Spiegel inspizieren. Das Haus sah aus, als würde Andersens Mutter noch hier wohnen. Die Küche hatte so alte Geräte, dass sie in einem Museum aus den 50ern oder 60ern hätten stehen können – bis auf einen neuen, glänzenden Kühlschrank. Überall war Laminat – die Arbeitsplatten hatten ein scheußliches, gesprenkeltes Grün, das wie Schimmel aussah, obwohl es keiner war.

Ein wackeliger alter Tisch mit jahrelang abblätternder Farbe war an die Wand geschoben. Darunter lag ein mottenzerfressener Flickenteppich, wie man ihn früher in alten Landküchen im Fernsehen sah. Am Tisch stand nur ein einziger Stuhl. Andersen kochte wohl nicht für Gäste. So, wie es aussah, kochte er überhaupt nicht.

Im Hauptschlafzimmer hingen noch die rüschenbesetzten Vorhänge von Mutti an den Fenstern, obwohl die Chenille-Tagesdecke, die dazugehörte, verschwunden war. Schlichte Laken und eine Decke bedeckten das Bett. Dort stand eine verzierte Kommode aus dunkelbraunem Holz.

Mike hatte recht. Niemand war zu Hause.

Mike blätterte durch den Kleiderschrank im Hauptschlafzimmer und schüttelte den Kopf. „Andersen lebt in dieser Bruchbude, gibt aber mein ganzes Gehalt für Kleidung aus."

Sie gingen in ein Schlafzimmer, das als Büro diente. Sara setzte sich vor den Computer, damit Mason ihn durch die Kamera sehen konnte.

„Wow", sagte er in ihr Ohr. „Das sieht aus wie ein Mac Plus von etwa 1990. Funktioniert der überhaupt noch?"

„Mal sehen", sagte Sara und wollte ihn gerade einschalten.

„Stopp!"

Saras Hand erstarrte.

Mason sagte: „Er könnte eine Sprengfalle haben, die einen Alarm auslöst. Zeig mir die Rückseite."

Sara bewegte die Kamera rund um den Computer, aber Mason sah nichts.

Sara schaltete ihn ein.

Er fuhr hoch und eine Startseite von Safari erschien. „Wow", hörte sie in ihrem Ohr. „Der wurde generalüberholt. Sieht so aus, als hätten sie ..."

Ein Schwall Fachchinesisch drang an ihr Ohr, aber Sara schaltete auf Durchzug. Stattdessen sah sie sich den Browserverlauf an. Andersen hatte die Seiten der Gateway First Bank, von *Tulsa World Online* und einer Reihe von Polizei-Websites besucht.

Mike schaute auf den Bildschirm und zeigte ihr dann ein Scheckbuch aus einer der Schubladen. Es wies einen Kontostand von 1.283,43 $ auf dem Girokonto aus.

„Hier gibt es nichts", sagte Mike. „Wir sollten gehen."

Sara sah auf ihre Uhr. Es war 19:42 Uhr. Frühestens könnte Andersen um 20:45 Uhr zurück sein. Es sei denn, er würde den Unterricht aus irgendeinem Grund früher beenden.

„Das ist einfach nicht genug", sagte sie frustriert. „Niemand führt ein so fades Leben. So leer. Was macht er mit seiner Zeit? Seinem Geld?"

In ihrem Ohr sagte Mason: „Er hat ein Sparkonto bei derselben Bank. Er hat es mit 60.000 $ direkt nach dem Tod seiner Mutter eröffnet. Er hat das Geld nach und nach aufgebraucht. Vielleicht 10.000 im Jahr. Das, plus die 15.000, die er von der Polizei bekommt. Keine Miete oder Hypothek. Davon kann er leben."

Sie erzählte es Mike. „Davon könnte er leben", stimmte Mike zu. „Gerade so."

„Aber tut er das?", fragte sie. „Was sagt dir dein Polizistengespür?"

Mike sah sie an. „Nicht mit diesen Klamotten. Aber hier gibt es keine Antwort."

„Du solltest gehen", stimmte Sara zu.

„Was wirst du tun?"

„Ich nehme mir eine halbe Stunde und benehme mich richtig seltsam. Nur um sicherzugehen."

Mike legte den Kopf schief. Er strich sich den Schnurrbart glatt. „Ich bleibe und sehe dir dabei zu, wie du dich seltsam benimmst."

13

"H alte mindestens fünf Meter Abstand von mir", sagte Sara zu Mike. „Ich werde meinen Geruchssinn einsetzen."

Sie drehte sich um und ging zur Rückseite des Hauses – sie wollte nicht sehen, was für einen Gesichtsausdruck das bei Mike hervorrief.

Sie begann in der Waschküche, zwischen der Küche und der Hintertür. Sie war nicht groß – gerade genug Platz für eine dicke, weiße Sears-Waschmaschine und einen Trockner mit abgeplatztem Lack und die beiden Türen. Sie stellte sich in die Mitte des Raumes, schloss die Augen und atmete ein. Sie roch Mike.

Sie öffnete die Augen und sah ihn im Küchendurchgang stehen. „Geh zurück", sagte sie zu ihm. „Halte mindestens fünf Meter Abstand. Alles, was ich riechen kann, bist du."

Seine Augen weiteten sich, aber er wich auf die andere Seite der Küche zurück und blieb dort stehen, wo er sie noch sehen konnte.

Sie versuchte es erneut. Wenn Mike nur gegangen wäre – sie hätte sich verwandeln und ihre volle Wolfsnase zum Einsatz bringen können. Aber vielleicht sogar als Mensch ...

Sie atmete durch die Nase ein. Seife. Alte Pizza. Nagetiere – Mäuse, keine Ratten. Sie hob die Nase in Richtung Dachboden.

Nichts Andersartiges. Sie hockte sich tiefer zu Boden. Dieselben Gerüche. Und Schmutz. Nichts.

Sie ging in die Küche und drängte Mike so in den Flur hinaus. Mehr Essensgerüche. Mehr Mäuse. Müll. Sie hob die Nase zur Decke. Sie hockte sich auf den Boden. Nichts Ungewöhnliches.

Das war dumm. Ohne ihre Wolfsnase hatte es einfach keinen wirklichen Sinn. Und wahrscheinlich selbst dann nicht.

Sara fand es einfach schwer zu glauben, dass ihr Bauchgefühl falsch lag. Sie drehte sich auf den Knöcheln, um Mike anzusehen – um zu sehen, für wie seltsam er ihr Verhalten hielt –, als sie erstarrte. Da war der leiseste Hauch von etwas. Ein Geruchsmolekül, das sie reizte.

War es wirklich da? Oder war sie so verzweifelt, ihr Bauchgefühl zu rechtfertigen? Es gab nur einen Weg, das herauszufinden.

„Bleib hinten", sagte sie. „Ganz hinten. Es ist vielleicht nichts."

Der Boden war ekelhaft, aber sie kniete sich darauf, legte ihre Hände darauf. Sogar ihre Ellenbogen. Sie hielt ihre Nase etwa fünf Zentimeter über den Boden. Der Geruch, den sie suchte, war nicht hier. Langsam drehte sie sich einmal im Kreis. Nichts.

Sie erinnerte sich an die Richtung, in die sie geschaut hatte, als sie den Geruch bemerkt hatte, und kroch auf den alten Tisch zu. Nichts. Sie kroch auf den Flickenteppich und ganz unter den Tisch. Sie roch an der Wand unter dem Tisch. Nichts.

Sie sah auf ihre Uhr. Es war 20:10 Uhr – Zeit, von hier zu verschwinden.

Sie kroch unter dem Tisch hervor. Wütend hob sie die Ecke des Flickenteppichs an. Und da war der Geruch doch. Nur ein Hauch von einem Geruch. Aber unverkennbar. Ein Sexgeruch. Altes Sperma. Unter dem Teppich. Unter dem Tisch.

14

Sara stand schnell auf und zerrte den Tisch und den Teppich von der Wand weg. Im Boden war eine Falltür. Eine alte, nichts Neues. Aber sie hatte rundherum neue Dichtungsstreifen, die Gerüche – und Geräusche? – zurückhielten.

„Heilige Scheiße", sagte Mike leise, der plötzlich direkt neben ihr stand.

„Ich wette, das war mal ein Wurzelkeller", sagte sie.

„Mal sehen, was es jetzt ist." Er packte den abgerundeten Griff und zog daran. Die Tür schwang an einem Scharnier nach oben auf. Eine Leiter führte nach unten zu etwas, das wie ein Lehmboden aussah.

Mike drehte sich um, als wollte er die Leiter hinuntersteigen. Sara packte seinen Arm.

„Noch nicht", sagte sie. Er nickte widerwillig, dann wich er zurück. Oder versuchte es zumindest. Er sah auf ihre Hand, die seinen Arm festhielt. Er runzelte die Stirn und fragte sich, warum er ihn nicht wegziehen konnte.

Hoppla, dachte sie und ließ seinen Arm los. Manchmal vergaß sie ihre neue Stärke.

Schnell berührte sie ihr Headset.

„Technik? Bist du da?"

„Ja", sagte Mason. „Was soll ich tun?"

„Behalte das Umfeld dieses Ortes genau im Auge. Wenn du jemanden ins Haus kommen siehst und mich nicht erreichen kannst, ruf sofort die Polizei und die Presse. Erzähle ihnen von dem Raum unter der Küche. Wir wollen da unten nicht in der Falle sitzen."

„Verstanden."

„Ich stelle meine Uhr auf eine 15-Minuten-Warnung. Wenn du nichts von mir hörst und mich nicht erreichen kannst, bevor 20 Minuten vergangen sind – alarmiere wieder alle."

Sara sah Mike an. „Ich gehe vor", sagte sie. „Meine Nase kann uns vielleicht warnen."

Mike nickte.

Sara beugte sich über den Rand des Lochs und steckte ihren Kopf hinein. Derselbe Geruch war hier, nur genauso schwach. Sie roch Erde, Wurzeln, Muff und einen Nachgeschmack von Andersen. Aber es war kein Mensch in diesem Raum. Auch keine Leiche. Sie schaltete ihre Taschenlampe ein.

Es *war* ein ehemaliger Wurzelkeller. Lehmboden. Ein altes Metallregal mit Gläsern, die so staubig waren, dass man nicht hineinsehen konnte. Der Raum war vielleicht sechs mal acht Fuß groß.

Sara drehte ihren Oberkörper. Hinten unter der Treppe, wo man es am unwahrscheinlichsten sehen würde, war eine Tür, die so mit Schmutz bedeckt war, dass es aussah, als wäre sie absichtlich verdeckt worden. Sie verschmolz mit den Wänden, bis auf das glänzende große Vorhängeschloss daran.

„So weit, so gut", sagte sie zu Mike und kletterte dann hinunter. Die Decke war niedrig, alte Bretter. Sara stieß mit ihrem 1,70 Meter großen Kopf dagegen. Mike kletterte hinunter und kam zu ihr. Er konnte nicht aufrecht stehen, ohne in die Knie zu gehen.

Sara starrte auf das Vorhängeschloss. Sie suchte überall, in der Hoffnung auf einen Schlüssel. Aber es gab keinen.

„Wir sind am Arsch", sagte sie.

„Sag mir nicht, dass du kein Schloss knacken kannst?"

„Sag du mir nicht, dass du es kannst", sagte sie. „Niemand kann

Schlösser knacken. Das ist etwas, was sie sich in den Filmen ausdenken."

Mike schüttelte mitleidig den Kopf. „Was glaubst du, wie ich in dieses Haus gekommen bin?"

„Beweis es."

Mike grinste sie an, zog ein Set Dietriche hervor, kniete sich vor das Vorhängeschloss und machte sich an die Arbeit. Er führte gekonnt einen Haken-Pick ein, drehte ihn und führte dann einen Diamant-Pick ein.

„Also, wie bist du ins Haus gekommen?", fragte er, sein Blick war unkonzentriert, während er sich auf sein Gefühl verließ.

„Durch ein Fenster", murmelte sie.

„Durch ein Fenster", wiederholte er, auf das Schloss konzentriert. „Aber alle Fenster waren verschlossen." Seine Hände erstarrten. Er sah sie an.

„Sag nicht, du hast das Glas zerbrochen?"

„Okay, mach ich nicht."

Ein Grinsen, so breit wie das der Grinsekatze, spaltete Mikes Gesicht. „Das war also das Geräusch, das ich gehört habe."

Sara versuchte es mit Ablenkung. „Also, wie lange wirst du dafür brauchen?"

Sara hörte ein beunruhigendes metallisches Klicken und das Schloss sprang auf.

„Na, wie war das?"

Sara starrte auf das Schloss. „Ich fasse es nicht!"

Mike steckte seine Dietriche ein und rieb die Finger jeder Hand mit dem Daumen. „Talentierte Finger", sagte er schmunzelnd.

„Ja, ja." Aber sie lachte.

Dann verschwand bei beiden das Lächeln. Sara schnüffelte kräftig an der Tür. Aber die Gerüche, die sie wahrnahm, waren dieselben wie im Erdkeller.

Sie öffnete die Tür. Dahinter befand sich ein Tunnel – ein langer Tunnel. Vielleicht zweiunddreißig Meter. Die ersten neun Meter sahen so aus, als wären sie zur gleichen Zeit wie der Erdkeller gebaut worden. Der Rest des Tunnels sah neu aus. Er hatte eine Decke aus Sperrholz und wurde von Stützbalken gehalten. Niemand war darin.

Ein grünes Gartenverlängerungskabel hing von der Decke, den ganzen Tunnel entlang. Alle drei Meter hingen nackte Glühbirnen. Am Eingang gab es einen Schalter. Sara zeigte darauf und sagte zu Mike: „Lassen wir das lieber, okay?"

Mike nickte. Ihre Taschenlampen reichten aus. Und wer wusste schon, ob der Schalter die Lichter aktivierte oder ein Signal war. Oder beides.

„Tech? Wir gehen in einen Tunnel." Sara hörte ein bestätigendes Klicken in ihrem Ohr.

Sie und Mike gingen den Tunnel entlang. Er fühlte sich klaustrophobisch an, nur die bewegten Lichtkegel der Taschenlampen durchbrachen eine Schwärze, die so vollkommen war, dass man das Gefühl hatte, tief in der Erde begraben zu sein. Was sie natürlich auch waren.

Sara versuchte es erneut bei Mason, aber es kam keine Antwort. Sie waren hier unten völlig allein.

Der Tunnel endete an einer Tür, die genauso aussah wie die an seinem Anfang.

„Das muss das Nachbarhaus sein", flüsterte Mike Sara ins Ohr. „Ich hab's mir nie angesehen. Du?"

„Nein", flüsterte sie zurück. „Ma ... Tech hat die umliegenden Häuser überprüft, aber nur, um zu sehen, ob Andersen sie besitzt. Tat er nicht."

„Oder", überlegte sie, „er besitzt sie nicht unter seinem Namen."

„Wirst du für uns an der Tür schnüffeln? Sehen, ob jemand da ist?"

Sara leuchtete Mike mit ihrer Taschenlampe ins Gesicht. Er grinste.

„Hey!" Er hielt seine Hand über das Licht.

„Ja, das werde ich", sagte sie. „Und ich werde daran lauschen. Du bist doch nur neidisch."

„Bin ich. Wie machst du das?"

„Sei still", sagte sie und ging zur Tür. Sie lauschte, hörte aber nichts – außer ihrem eigenen Atmen und ihren beiden Herzen, die im Tunnel schlugen.

Sie legte ihre Nase an die Tür, schloss die Augen vor dem Licht der Taschenlampen und atmete ein.

„Ich rieche hier nur Andersen – sonst niemanden. Ich glaube, nur er benutzt den Tunnel. Wer auch immer in diesem Haus ist, bleibt dort. Das bedeutet, ich habe keine Ahnung, wie viele es sind. Sei also auf alles gefasst."

„Einverstanden."

Sie winkte Mike näher. Als sein Gesicht fast ihres berührte, sagte sie: „Ich gehe nach links." Er nickte. Beide schalteten ihre Taschenlampen aus und verstauten sie in den Taschen.

Sara nahm den Türknauf in die rechte Hand. In ihrer Linken hielt sie ihre Colt 1911, den Lauf auf Brusthöhe auf die Stelle gerichtet, an der sich die Tür öffnen würde.

Sie riss die Tür auf und schwang sie zu sich. Sie ließ den Knauf los und bewegte sich nach links in den Raum. Mit ihrer rechten Hand zog sie ihre Ruger LC9 aus dem vorderen Bauchbandholster. Mike ging an ihr vorbei und bewegte sich nach rechts.

Völlige Dunkelheit. Sara atmete durch die Nase ein. Es war ein Keller und außer ihnen war niemand darin.

„Frei", flüsterte sie. Sie steckte ihre Colt 1911 weg und holte die Taschenlampe wieder hervor. Der Lichtkegel enthüllte eine ähnliche Einrichtung wie die, die sie in Andersens Haus zurückgelassen hatten. Und er zeigte Mike, der mit einem amüsierten Grinsen den Kopf schüttelte.

„Ich fasse es nicht, dass ich auf dein ‚Frei' hin in einem stockdunklen Raum die Waffe gesenkt habe!", flüsterte er.

Saras Lichtkegel fand die Holztreppe, die nach oben führte.

„Dringend, antworten Sie." Es war Masons Stimme in Saras Ohr. Sie hob Mike gegenüber die Hand.

15

„Ich bin da", flüsterte Sara.

„Andersen ist zu Hause", ertönte Masons Stimme aus ihrem Ohrhörer.

„Er betritt gerade sein Haus. Fünf Lebende in dem Haus – zwei große, zwei kleine, einer mittelgroß. Einer der Großen ist in der Küche."

Sara klappte die Kinnlade herunter. Wie konnte er das bloß von Pennsylvania aus wissen?

Aber sie gab die Info schnell an Mike weiter, der leise die Tür zum Tunnel schloss. Sara stieg vorsichtig die Treppe hinauf – wobei sie ihre Füße ganz an den äußeren Rand jeder Stufe setzte – und drückte leicht gegen die Kellerfalltür. Nichts rührte sich. Sie drückte fester und spürte, wie die Tür ein ganz klein wenig nachgab. Sie stieg wieder hinunter.

„Sie haben etwas Schweres draufgestellt", flüsterte sie. „Wir können nicht so tun, als wären wir Andersen. Er ruft sie ganz sicher an, bevor er kommt, oder gibt ein verabredetes Klopfzeichen. Wir würden geradewegs in eine Waffe laufen."

„Keine schnelle Möglichkeit, sie aus der Küche zu bekommen?", fragte Sara gleichzeitig Mason und Mike.

„Ich brauche sechzig Sekunden", sagte Mason in ihr Ohr. „Halt dich bereit."

Sofort hörte Sara über ihnen ein Telefon klingeln.

„Tech, lässt du das Telefon klingeln?", zischte Sara.

„Nein."

„Geh davon aus, dass Andersen oben anruft", sagte Sara zu Mike.

Das Klingeln des Telefons verstummte. Jemand hatte abgenommen. Dann hörte Sara oben die Türklingel.

„Jetzt ist deine beste Chance", sagte Mason in ihr Ohr. Sara hörte Zögern und Bedauern in seiner Stimme – aber sie hatte keine Zeit, es zu hinterfragen.

Sara und Mike stiegen beide die Treppe hinauf und stemmten ihre Schultern gegen die Falltür. Gemeinsam stießen sie kräftig dagegen. Die Falltür hob sich fast einen halben Meter an und wurde dann plötzlich leichter, als sie sich weiter öffnete.

„Wo ist Betty Sue? Ich weiß ganz genau, dass sie da drin ist", fragte eine laute Frauenstimme aus einem anderen Zimmer.

Oh, Mist, dachte Sara, als sie Nias Stimme erkannte.

16

Ein Knall ertönte, als der Tisch, der auf der Kellertür gestanden hatte, umkippte und auf den Boden krachte.

Ein riesiger, mit Steroiden aufgepumpter Mann stürzte in die Küche, die Waffe im Anschlag.

„Polizei!", brüllte Mike. Seine Waffe, die auf die Stelle der Treppe gerichtet war, an der Andersen erwartet wurde, begann sich zu heben.

Die Pistole des Riesen, die in seiner Hand wie Spielzeug aussah, hob sich weiter.

Sara schoss auf ihn. Sie zielte auf seine Waffenhand, die sich an seiner rechten Seite nach oben bewegte. Sie würde entweder die Hand oder seine Seite erwischen – beides sollte nicht tödlich sein. Beides sollte ihn aufhalten.

Sie erwischte beides. Seine Waffe fiel zu Boden und er stürzte schreiend auf den Dielenboden.

Ein Arm, der eine automatische Pistole hielt, erschien am Küchentürrahmen und übersäte den Raum mit Kugeln.

Sara und Mike duckten sich so schnell sie konnten wieder die Treppe hinunter.

In dem Moment, als das Feuer aufhörte, sah Sara auf und feuerte ihre verbliebenen sieben Kugeln in die Wand, hinter der sich der neue Schütze verstecken musste. Es gab ein gedämpftes Stöhnen und ein dumpfes Geräusch, das klang, als würde ein Körper zu Boden fallen.

Sie duckte sich sofort wieder, sagte Mike, dass sie leer sei, griff nach einem weiteren Magazin aus ihrem Korsettholster, rammte es hinein und vergewisserte sich, dass niemand durch die Tunneltür kam.

Mike beobachtete sowohl den Mann auf dem Boden, der sich langsam dorthin bewegte, wo seine Waffe hingefallen war, als auch die Küchentür.

„Gib mir Deckung", flüsterte Sara, kletterte dann hoch, packte den Mann auf dem Boden, fesselte seine verbliebene gute Hand mit einem Kabelbinder an seinen Knöchel und trat die Waffe auf die andere Seite des Raumes.

„Der Tunnel gehört dir", sagte sie zu Mike, als sie die Beobachtung des Eingangs übernahm.

„Tech – Status?", fragte sie.

Über ihren Kopfhörer hörte sie: „Nia ist im Haus. Andersen steigt gerade in sein Auto, um zu fliehen."

Sara gab es an Mike weiter, dessen Augen sich weiteten. Er hatte Nias Stimme nicht erkannt.

Sie gab den beiden ein Zeichen, sich wieder die Treppe hinunterzuziehen, die Köpfe unter Bodenniveau.

„Fünf im Haus", sagte sie. „Einer hier gefesselt, ein weiterer möglicherweise ausgeschaltet hinter dem Türrahmen."

„Drei bis vier mit unbekanntem Aufenthaltsort", sagte Mike. „Und Nia ist im Haus. Mal sehen, was uns erwartet."

„Küche ist frei!", schrie Sara.

Eine Salve von Kugeln flog in die Küche.

„Tech, verliere Andersen nicht", sagte Sara.

Sie und Mike beobachteten beide den Eingang zur Küche.

„Nicht schießen. Es ist Nia."

Tatsächlich schoben sich Nias Kopf und Körper in den Türrahmen, ein dicker, haariger Männerarm um ihre Schultern geschlungen, der ihren linken sichtbaren Arm fixierte. Ihre Augen waren weit aufgerissen vor Angst.

„Ich habe eine Waffe direkt an ihren Kopf gerichtet", sagte eine hohe, quiekende Männerstimme, die nicht zu dem Arm passte. Zum Beweis wurde Nias Kopf zur Seite gedrückt, bis eine automatische Pistole zum Vorschein kam, die an ihre rechte Schläfe gepresst war. Der Mann blieb verborgen.

Nia atmete kurz und schnell. Sara konnte sehen, wie sie nachdachte – wie sie versuchte, einen Ausweg zu finden. Sara erkannte den Blick einer Frau mit Mut und Verstand, aber ohne körperliches Training, um sich zu wehren.

Es war ein Verbrechen, dass das amerikanische Schulsystem nicht allen Mädchen Nahkampf beibrachte – von der Grundschule bis zum College. Aber das tat es nicht.

Sara wollte wirklich noch mehr Kugeln direkt durch die Wand und in den Mann jagen, der Nia festhielt. Aber selbst wenn das den Mann töten würde, hätte er immer noch Zeit, Nia zu töten. Der einzige Schuss, der ihn ohne die Möglichkeit zu feuern zu Boden bringen würde, wäre ein Treffer in seine Medulla Oblongata zwischen Gehirn und Rückenmark. Ein Schuss, den niemand ohne Sicht auf das Ziel machen konnte. Sara stand auf. Mike packte ihr Bein, um sie aufzuhalten, aber sie schüttelte den Kopf. Sie streckte eine flache Hand nach unten zu ihm aus und warnte ihn, an Ort und Stelle zu bleiben. Sie hoffte, er würde jetzt nicht den Macho raushängen lassen, aber sie war das einzige Mitglied dieses Teams, das am ehesten eine Kugel überleben würde.

Das konnte sie ihm natürlich nicht sagen. Und sie konnte ihm auch nicht erklären, dass die Kugel auf keinen Fall aus Silber sein konnte.

„Okay", sagte Sara und stand auf. „Sie haben mich. Ich lege meine Waffe weg. Tun Sie ihr nur nichts."

„Tu das nicht!", sagte Nia entsetzt.

„Wie viele sind Sie?", fragte der unsichtbare Mann.

„Nur ich", sagte Sara.

„Ich habe zwei Waffen gehört."

„Beide gehören mir", sagte Sara. Sie sah kurz zu Mike, der ihr die Waffe reichte, die er benutzt hatte, und dann eine weitere von seinem Knöchel zog. Dann duckte er sich die Treppe hinunter und verschwand aus dem Blickfeld. Nias Augen wurden noch größer. Sie schüttelte den Kopf, um Sara zu warnen.

„Können wir reden?", fragte Sara. „Ich lege beide Waffen auf den Boden."

Nia wurde ein Stück zurückgerissen, dann streckte der Mann seinen Kopf hervor, um sich im Raum umzusehen, wobei er sich sorgfältig hinter Nias Kopf hielt. Er musste sich nur ein wenig bücken, was ihn höchstens 1,75 Meter groß machte.

Wenn Mason recht hatte, waren noch ein riesiger Kerl und zwei kleinere Personen – vielleicht Frauen – irgendwo im Haus. Es sei denn, sie hatte den großen Kerl bereits getötet, als sie hinter der Tür war.

„Tut mir leid wegen Ihrer beiden Freunde", sagte sie hoffnungsvoll.

„Nicht meine Freunde", knurrte er.

Okay, dachte sie, während sie dastand. Sie hielt in jeder Hand eine Pistole, beide zum Zeichen der Kapitulation erhoben.

„Legen Sie die Waffen auf den Boden", krächzte er. „Langsam."

Sara senkte langsam ihre Hände. Sie wollte wirklich, wirklich einen Schuss wagen, aber das Einzige, was hinter Nias Kopf zu sehen war, waren eine Wange und etwas übermäßig gegeltes braunes Haar. Er konnte Sara nicht einmal sehen, um zu wissen, ob sie seinen Anweisungen folgte.

„Sofort! Oder ich puste sie weg und hole mir dann Sie."

Verdammt. Verdammt. Verdammt. Sara senkte ihre Waffen. Sie ließ sie ein hörbares Geräusch machen, als ihre Griffe den Boden berührten, aber sie behielt ihre Hände an ihnen – die Finger an den Abzügen.

Nia beobachtete Saras Hände. Sie holte tief Luft. Dann rief Nia: „Mir wird schlecht." Sie machte ein Würgegeräusch und begann sich in der Taille zu beugen, als ob sie sich übergeben müsste. Ihr Einknicken in der Mitte zog den Mann hinter ihr nach vorne. Dann warf sich Nia mit ihrem ganzen Gewicht zu Boden und entblößte so den Kopf des Mannes.

Sara schnappte bei Nias Anblick nach Luft. Hätte der Mann

sofort geschossen, wäre sie tot gewesen. *Was hatte sich diese Frau nur dabei gedacht?*

Saras rechte Hand kümmerte sich nicht darum, was Nia dachte. In dem Moment, als Nia begann, sich zu bücken, hob Saras rechte Hand die Ruger LC9 vom Boden, zielte direkt zwischen die Augen des Mannes und drückte ab. Sie traf die Medulla Oblongata.

Er brach direkt auf Nia zusammen, die sich verzweifelt unter ihm hervorarbeitete – und dabei leise wimmernde Geräusche von sich gab.

Der Mann hatte die Waffe fallen gelassen, ohne einen Schuss abzugeben – genau wie Saras Recherchen es vorhergesagt hatten.

Aber ohne Nias Aktion hätte Sara niemals ihr Leben für diesen Schuss riskiert.

17

Sara sah Nia an und schüttelte den Kopf. „Du Idiotin! Kommst hier rein wie Rambo!" Sie packte Nia an den Schultern, schüttelte den Kopf über sie und drückte sie dann fest an sich.

Nia erwiderte die Umarmung, stieß sie dann aber fest von sich. „Komm mir nicht so. Du hast mich zurückgelassen! Obwohl es *meine* Mama ist."

Mike war die Treppe hochgestürmt. Schnell überprüfte er den toten Mann, kontrollierte den Verwundeten noch einmal und sammelte alle losen Waffen ein. Er gab Nia eine davon.

„Mit dir habe ich auch noch ein Hühnchen zu rupfen", sagte Nia zu Mike. Er ignorierte sie, spähte kurz durch die Tür und zog den Kopf schnell wieder zurück. Dann verließ er den Raum. Er ließ eine Automatikpistole über den Boden zurück ins Zimmer gleiten. Sara schnappte sie sich.

Mike tauchte wieder auf und zerrte eine sehr große, sehr tote Leiche in den Raum. Sara hatte den anderen Kerl also doch erwischt.

„Ja, nun", sagte Mike, als er die Leiche zu dem anderen toten Mann warf. „Während ihr zwei euer Mädelsgetue habt, muss ja irgendjemand daran denken, dass sich noch zwei weitere mögliche Feinde in dem verdammten Haus befinden!"

Sara lächelte. „Du hast recht, Mike. Geh voran. Wir folgen dir. Lass mich nur die Hintertür schließen." Sara klappte die Tür wieder zu und zog den umgestürzten Tisch wieder davor. Nia half ihr.

„Noch eine Sache", sagte Nia. Sara verdrehte die Augen. „Danke, dass du mich gerettet hast."

„Jederzeit", sagte Sara. „Und danke, dass du so schnell geschaltet hast. Ich wollte die Waffen *wirklich* nicht loslassen."

„Großartig", sagte Mike sarkastisch. „Ihr werdet noch die besten Freundinnen. Wie süß. Können wir jetzt den Rest des Hauses überprüfen?"

Für sein Alter war es ein großes Haus. Sara durchsuchte das Wohn- und Esszimmer und überprüfte dann den Flurschrank. Es gab drei Schlafzimmer, die wohl für Kinder gedacht waren. Zwei sahen aus, als würden wilde Männer darin hausen – überall lagen Kleider und es roch streng nach ungewaschenem Allerlei. Ein drittes wurde von dem kleineren Mann benutzt. In seinem Schrank befand sich bessere Kleidung – und sie hing auf richtigen Kleiderbügeln.

Es gab ein Badezimmer, das aussah, als könnte man darin Ebola züchten. Zwei Wäscheschränke mit nicht viel Inhalt.

Nur noch zwei Räume waren übrig.

Die Tür zum ersten war verschlossen. Sie hatte ein Schieberiegelschloss für Haustüren und der Schlüssel steckte im Schloss. Mike wies sie an, sich an die Seiten der Tür zu stellen, dann drehte er den Schlüssel um.

Als er nichts hörte, stieß er die Tür auf, und das so heftig, dass sie von der Wand abprallte und zurückschwang. Drinnen standen zwei einzelne Matratzen auf dem Boden an gegenüberliegenden Seiten des Raumes. Auf jeder lag eine junge Frau. Der Schrank und das angrenzende Bad waren beide leer.

Beide Frauen waren sehr jung und sehr hübsch, obwohl eine von ihnen schwere Blutergüsse an Armen und Beinen hatte. Vielleicht noch mehr unter einem billigen Baumwollkleid. Die Frau schlief und war nicht aufzuwecken. Wahrscheinlich unter Drogen gesetzt. An ihren nackten Füßen und Unterschenkeln waren schlimme Einstichstellen zu sehen.

Die andere Frau war wach, aber benommen. Sie wich vor ihnen

zurück und bedeckte ihren Kopf mit den Armen. Sie wies keine Blutergüsse auf, hatte aber ebenfalls Einstichstellen an Füßen und Beinen. Vielleicht halb so viele wie das andere Mädchen.

Nia zückte ihr Handy und tätigte einen Anruf.

Mike und Sara sahen sich an und gingen dann mit gezogenen Waffen zur letzten ungeöffneten Tür.

Mike wiederholte seine Nummer mit dem Zuschlagen der Tür und dem schnellen Hinein- und Hinausblicken. Dann ging er hinein. Sara folgte ihm.

Der Raum war ein sehr großes Wohnzimmer gewesen. Jetzt war er ein billiges Filmstudio. Drei „Sets" waren im Raum verteilt. Ein Schlafzimmer-Set befand sich an einer Wand. Ein anderes hatte eine Toilette und eine Badewanne vor einer gefliesten Wand – ohne Wasserleitungen. Und es gab ein Kerker-Set – mit etwas, das wie eine Betonblockwand mit daran befestigten Handschellen aussah.

In der Mitte des Raumes stand eine Art Mischpult und eine sehr ernst zu nehmende Computerausrüstung. Zwei bewegliche Kameras waren bei zwei der Sets geparkt.

„Ich rufe den Chef an und sage ihm, er soll alleine kommen", sagte Mike.

Sara nickte. „Ich fahre Andersen hinterher."

Sie blieb an der Tür stehen. „Mike, wenn es irgendwie geht, wäre ich wirklich gern nie hier gewesen."

Er sah sie an. „Bist du sicher? Du hast die Sache hier aufgedeckt – du solltest die Lorbeeren dafür ernten."

Sara schüttelte den Kopf. „Will ich nicht."

Er nickte langsam. „Okay. Aber sag Nia beim Rausgehen Bescheid."

„Vielen Dank! Das mache ich."

18

Sara sprang in ihren F150-Truck und startete den Motor. „Sag mir, dass du Andersen hast", sagte sie über ihren Knopf im Ohr zu Mason.

„Ich hab ihn", versicherte Mason ihr. „Er ist geradewegs in die Innenstadt gefahren. Fahr los und ich sage dir, wo er anhält."

Sara bog ein paar Mal ab und fuhr dann auf die Autobahn. Sie merkte, wie wütend sie war, also atmete sie zweimal tief durch, bevor sie etwas sagte, das sie bereuen würde.

„Mason", sagte sie so ruhig, wie sie konnte. „Wie genau ist Nia bei dem Haus aufgetaucht?"

In ihrem Ohrhörer wurde es still.

„Mason ..."

„Ich habe sie angerufen", sagte er.

„Sie hat eine Weile gebraucht, um dorthin zu kommen. Wann hast du sie angerufen?"

„Direkt nachdem du das Fenster zugeklebt hast."

Sara sagte nichts.

Mason sagte: „Ich brauchte Augen vor Ort. Eine Person, nicht nur Kameras. Eigentlich sollte niemand im Haus sein, aber ich hatte ein schlechtes Gefühl."

Ein Auto zog auf ihre Spur, sodass Sara voll in die Eisen steigen musste, um einen Auffahrunfall zu vermeiden. Sara fluchte hitzig.

„Hey", sagte Mason, „ich hätte sie niemals angerufen, wenn ich gedacht hätte, dass sie in echter Gefahr wäre."

„Aber du hast sie in ein Haus mit fünf Wärmesignaturen geschickt?"

„Ja. Ich habe sie vor der Gefahr gewarnt, aber sie war einverstanden, reinzugehen. Und ... es war gut, dass ich es getan habe."

„Ja, das war es. Du hast uns den Hintern gerettet. Ich hasse es – das solltest du wissen. Aber du hast das Richtige getan."

Als Sara in der Innenstadt von Tulsa ankam, meldete Mason, dass Andersen auf der South Main Street geparkt hatte und ins Ambassador Hotel gegangen war. Mason würde ihr Bescheid geben, falls Andersen es wieder verließe.

Sara machte einen kurzen Halt in ihrem Büro in der Innenstadt – einem großen Raum mit Bad in einem Hochhaus, in dem auch eine Schusterwerkstatt sowie Arzt- und Anwaltskanzleien untergebracht waren und das gegenüber der Gasse zum Hintereingang eines guten Restaurants lag. Mit anderen Worten – versteckt zwischen anderen Geschäften, die jeder aus irgendeinem Grund besuchen könnte.

Der Ort erwies sich als nützlicher, als sie gedacht hatte. Sie hatte ihn bereits genutzt, um sich heimlich mit einem neuen Kunden zu treffen. Jetzt nutzte sie ihn, um ihr Aussehen zu verändern. Das komplett schwarze Outfit, das sie trug, war in Ordnung. Sie tauschte nur die schwarzen Stiefel gegen ein Paar niedrige Absätze aus und warf sich eine Designerjacke über. Eine rote Perücke und eine große Sonnenbrille vervollständigten den Look und sollten sie zumindest ein wenig vor der Kameraüberwachung schützen.

Zurück in ihrem Auto für die etwa zwanzig Blocks zum Ambassador Hotel bat Sara Mason um ein Update.

Andersen war nicht wieder herausgekommen, also schien es, dass er dort blieb. Sara fragte nach seiner Zimmernummer und bekam eine weitere herzhafte Fluch-Tirade zu hören. Mason war wütend, dass er nicht schnell in das System der Rezeption kam.

„Ich komme rein", versprach er. „Aber es könnte noch dreißig

Minuten dauern. Was verdammt noch mal lächerlich ist, weil Hotelsysteme immer Mist sind."

Sara musste über seine Frustration lächeln. Sie hielt ihn für einen Wundertäter – es machte Spaß zu sehen, dass er nicht alles so schnell erledigen konnte, wie er wollte.

Sie parkte auf demselben Parkplatz wie Andersen.

„Vielleicht schaue ich mir sein Auto an, während ich auf dich warte", sagte sie halb scherzhaft zu Mason. „Immer noch etwa eine halbe Stunde?"

„Witzig", knurrte er sie an. „Hier ist eine Alternative. Ich habe sein Handy durch zwei Apps gejagt. Zuerst habe ich das Barometer seines Handys benutzt, das den Luftdruck misst – das hat mir seine Höhe verraten. Dann habe ich das mit einer App überprüft, die die Höhe mit WLAN-Signalen misst. Er ist entweder im siebten oder achten Stock. Mehr kann ich nicht tun, bis ich mich in ihre #%@#@@!-Rezeption gehackt habe."

„Ich nehme alles zurück, was ich gerade über dich gedacht habe, Mason. Du bist ein Genie!"

„Natürlich bin ich das", sagte er. Aber Sara konnte die Freude in seiner Stimme hören. „Gehst du rein?"

„Ich denke darüber nach", sagte sie. „Wenn es ein billigeres Hotel wäre, bin ich mir ziemlich sicher, dass ich ihn durch die Tür riechen könnte. Aber vielleicht kann ich eine Witterung von den Türklinken aufnehmen. Einen Versuch ist es wert."

„Außer, jemand schaut raus und sieht dich, wie du an allen Türklinken auf der Etage schnüffelst."

„Außer, das passiert", stimmte sie zu.

„Schade, dass du stattdessen kein Vampir bist. Die haben doch diese Gedankenkontrolle." Mason verstellte seine Stimme, die er monoton klingen ließ – und versuchte, wie ein Filmvampir zu klingen. „Hier gibt es nichts zu sehen. Geh zurück in dein Zimmer."

Sara grinste und stieg aus ihrem Auto. „Das wäre eine praktische Fähigkeit, nicht wahr?"

„Vielleicht *kannst* du das ja tatsächlich? Wer weiß schon, welche Kräfte echte Werwölfe haben? Hast du es schon mal versucht?"

Sara überquerte die Straße zum Hotel. Sie sah nachdenklich aus.

„Eine faszinierende Idee", sagte sie.

„Und jetzt halt die Klappe. Ich gehe ins Hotel."

19

Es stellte sich heraus, dass Sara *tatsächlich* eine Fährte von Türklinken aufnehmen konnte. Besonders die eines Mannes mit schwitzigen Händen, der nur dreißig Minuten vor ihr hineingegangen war.

„Es ist Zimmer 714", flüsterte sie Mason zu.

„Gut, denn ich bin endlich drin. Die haben ein Mesh-Netzwerk, also kann ich die Tür von hier aus aufschließen, wann immer du es sagst. Aber die meisten Hotels haben zusätzlich entweder eine Sicherheitskette oder einen Schwenkriegel."

Sara hatte ein interessantes YouTube-Video gefunden, das zeigte, wie man solch einen Schwenkriegel mit einer Schnur überwinden konnte. Anscheinend nahm man eine Schnur, ähnlich wie Zahnseide, um sie unter das obere und untere Kugellager zu schieben – dann zog man sie straff und konnte den Hebel einfach umlegen. Alles von außen.

Dafür musste man die Tür jedoch so weit öffnen, wie der Riegel es zuließ, und mit den Fingern hineingreifen. Das schien keine gute Idee zu sein, wenn sich ein Paranoider im Zimmer befand.

„Weißt du, ob Polizeichef Willis schon bei Mike angekommen ist?", fragte sie Mason.

„Sollte er eigentlich. Ich habe Mike angerufen, nachdem du weg warst. Willis hat ihm gesagt, dass er da sein würde ... vor ungefähr zehn Minuten."

„Kommst du in das Notrufsystem der Polizei rein?"

„Schon erledigt. Ich habe mich reingehackt, während du drinnen warst. Ich dachte mir, wir sollten vielleicht wissen, ob vom Hotel aus die Polizei gerufen wird."

„Gut", sagte Sara. „Ich hab nämlich die Schnauze von diesem Widerling so gestrichen voll, dass ich das jetzt auf die altmodische Art erledige. Schließ auf. Ich geh rein."

„Erledigt."

Sara drehte vorsichtig – leise – den Türknauf und öffnete die Tür so weit, wie der Riegel es zuließ. Dann trat sie drei Schritte zurück. Sie rannte auf die Tür zu und baute dabei so viel Geschwindigkeit und Kraft auf, wie ihre knapp 60 Kilo und ihre Werwolfstärke es zuließen. Sie rammte ihre rechte Ferse in die Tür, genau auf Höhe des freigelegten Riegels. Solche Riegel waren typischerweise mit drei Schrauben im Türrahmen und vier in der Tür befestigt – also zielte sie näher an die Seite des Rahmens als an die der Tür.

Schrauben flogen heraus und die Tür sprang auf. Sara ließ sich von ihrem Schwung in den Raum tragen, ihre Ruger LC9 im Anschlag und schussbereit.

Das Zimmer war teuer und riesig – ein Eckzimmer mit Fenstern an zwei Seiten. Ein Sofa und ein Queensize-Bett standen gefühlt meilenweit von der Tür entfernt, alles in beruhigenden Grau- und hellen Beigetönen gehalten. Aber der Gestank von Angst im Raum machte die beruhigenden Farben zunichte. Näher an der Tür befanden sich eine Bar und eine Chaiselongue, wo Greg Andersen anscheinend seine Tasche abgeworfen hatte, als er hereingekommen war.

Jetzt stand er dort und wühlte hektisch in der Tasche, seine Hand griff wahrscheinlich nach einer Waffe.

Sara war schnell bei ihm und trat ihm hart gegen den Arm, der in der Tasche steckte. Die Waffe, die er gerade gegriffen hatte, flog quer durch den Raum und Andersen stolperte zurück. Sara rückte ihm auf die Pelle und schloss ihre linke Hand um seinen Hals. Sie nutzte ihren Schwung, um ihn am Hals rückwärts im Laufschritt gegen eine

Wand zu drängen. Mit der rechten Hand drückte sie ihm die Mündung ihrer Pistole gegen die Stirn – genau zwischen die Augen. Ihr Körper war hart gegen seinen gepresst, fixierte seinen rechten Arm und war zu nah, als dass ein Schlag oder Tritt von ihm irgendeine Kraft hätte entfalten können.

Sara spürte, wie sich sein Körper anspannte. „Der Abzug ist schon halb durchgedrückt", flüsterte sie ihm ins Ohr. „Du solltest mich besser nicht mit irgendeinem dummen Schlag anstoßen, der mich nur anpissen würde."

Sein Geruch veränderte sich. Zuvor hatte er nach Angst gestunken, aber jetzt mischte sich eine Welle von Wut in das Aroma. Er biss die Zähne zusammen und zischte.

„Du! Was willst du?"

Sara lächelte. Breit. Er war stinksauer, dass er in ihrer Gewalt war.

„Ja, ich bin's. Und ich nehme dich fest."

Sie riss ihn am Hals nach vorne und nach links und warf ihn mit dem Gesicht nach unten auf die schicke Chaiselongue. Sie drückte sein Gesicht in ein dickes, zebragestreiftes Kissen und rammte ihm ihr rechtes Knie – hart – in den Rücken.

Sara wurde bewusst, dass sie das genoss. In ihren Gedanken hatte er sich von einem schleimigen Arschloch zu einem Mann entwickelt, der für die beiden Frauen verantwortlich war, die in diesem Zimmer eingesperrt waren. Und ... wahrscheinlich ... ein Mann, der Velena Davis getötet hatte. Oder hatte töten lassen.

Sie wurde sich auch bewusst, dass sie ihn auf die Chaiselongue geworfen hatte, damit sie ihn nicht zu Tode würgen konnte – so wie sie versucht gewesen war.

Nichts ist bewiesen, ermahnte sich Sara. *Jedenfalls noch nicht.*

Sie zog einen Kabelbinder aus ihrer Tasche. Sie packte seine beiden Handgelenke und riss sie hart hinter seinen Rücken – härter als nötig. Sie befestigte den Binder um seine Handgelenke und zog ihn fest.

Macht es mich zu einem schlechten Menschen, dass ich das so sehr genieße?, fragte sie sich.

Und dann erstarrte sie. Stocksteif. Denn da war ein anderer Geruch im Raum. Ein anderer Mann. An der offenen Tür.

20

„Polizei!", hörte sie. „Lassen Sie die Waffe fallen."

Sara nahm den Finger vom Abzug und ließ die Waffe nach unten gleiten, bis sie den Griff nur noch mit Daumen und Mittelfinger hielt.

„Ich werde sie drüben zum Bett werfen", sagte sie, immer noch mit dem Rücken zur Tür. „Ich kann sie nicht bei diesem Kerl hier lassen."

„Okay", hörte sie. „Aber vorsichtig. Keine plötzlichen Bewegungen."

Sie hielt ihre anderen Finger so weit wie möglich von der Waffe abgespreizt, bewegte sie langsam ein Stück nach hinten und warf sie dann von den beiden Männern weg, etwa 15 Fuß weit, auf das Bett.

Langsam drehte sie den Kopf zur Tür. Der Mann war untersetzt, mit einem runden Gesicht und einer Clark-Kent-Brille. Er sah aus, als wäre er gerade aus dem Bett gestiegen und hätte sich eine schmutzige Jeans, ein T-Shirt und eine Jacke übergeworfen. Er hielt die Standard-Glock-22 des Tulsa PD in seiner rechten Hand – direkt auf ihr Herz gerichtet. Sara wusste, dass diese Waffen mit Munition des Kalibers .40 geladen waren, die einen Bären ohne Weiteres auf der Stelle hätte stoppen können. Ein Wolf wäre noch einfacher gewesen.

„Ich nehme eine Bürgerfestnahme vor", sagte sie zu dem Polizisten. „Dieser Mann ist vom Tatort eines Verbrechens geflohen."

Andersen rollte sich auf die Seite und setzte sich auf, die Arme immer noch fest hinter dem Rücken gefesselt. Er wirkte bemerkenswert ruhig.

„Diese Frau hat meine Tür eingetreten und mich mit einer Waffe bedroht. Ich verlange, dass Sie sie festnehmen."

Der Polizist warf einen Blick auf die Tür. „Das waren Sie?", fragte er sie.

„Ja", stimmte Sara zu. „Wer sind Sie und woher soll ich wissen, dass Sie wirklich ein Polizist sind?"

Er öffnete seine Jacke, um sein Abzeichen zu zeigen, das an seinem Gürtel befestigt war.

„Ich bin Detective Thatcher", sagte er. „Sie beide kommen jetzt mit mir aufs Revier, damit wir die Sache klären können."

Sara sah ihn etwas verwirrt an. Er sah ein wenig anders aus als auf dem Foto, das sie von ihm gesehen hatte. Sein Gesicht war runder. Und er hatte keine Brille getragen.

„Ich komme gerne mit", sagte Andersen. „Ich freue mich schon darauf, Anzeige gegen diese … Frau zu erstatten." Er sagte „Frau", als ob das fraglich wäre. „Ich bin ein angesehenes Mitglied dieser Gemeinschaft."

Er stand auf und streckte die Hände hinter seinem Rücken hervor. „Detective, es wäre ein Justizirrtum, mich zu zwingen, mit so gefesselten Händen in der Öffentlichkeit aufzutreten. Als wäre ich ein gewöhnlicher Krimineller. Ich möchte unbedingt mit Ihnen gehen und Anzeige erstatten."

Detective Thatcher überlegte. „Wenn Sie versuchen wegzulaufen, muss ich auf Sie schießen. Verstehen Sie das?"

„Ja", sagte Andersen.

Sara sah ungläubig zu, wie der Detective die Kabelbinder durchtrennte. Sie wollte Thatcher gerade sagen, dass er den Polizeichef fragen könne, wie Andersen zu behandeln sei. Chief Willis sollte inzwischen mit Mike bei Andersens Haus sein. Aber etwas hielt sie zurück.

Thatcher sah sie direkt an. „Ich komme mit", sagte sie. „Freiwillig."

Thatcher durchsuchte beide, steckte Saras Pistole und ein Messer von Andersen ein. Dann sammelte Andersen seine Sachen zusammen und Thatcher führte beide mit vorgehaltener Waffe zur Tür hinaus.

Die drei waren allein im Aufzug auf dem Weg nach unten. Sara atmete tief ein, weil sie verwirrt war. Der Geruch von Angst, der von Andersen ausging und der am Türgriff und in seinem Zimmer gehaftet hatte, als sie es zum ersten Mal betrat, war bei ihm jetzt fast verschwunden.

Arbeitete Thatcher mit Andersen zusammen? Aber sie und Mason – und Mike und Nia! – dachten alle, es müsse der Captain sein, dem Velena Bericht erstattet hatte – Protich. Warum also sollte Andersen erleichtert sein, dass Thatcher da war? War Thatcher auch eingeweiht – oder war er nur ein Werkzeug?

Die drei gingen durch die Lobby, als wären sie Freunde. Thatchers Waffe war nicht mehr zu sehen. Thatcher hielt nicht an der Rezeption an, um sie über die eingetretene Tür zu informieren. Er führte sie beide einfach geradewegs vom Aufzug zu Thatchers unauffälligem, marineblauem Police-Interceptor-Wagen, der in einer seltsamen Ecke des Parkplatzes geparkt war. Niemand sonst parkte in der Nähe.

Thatcher öffnete die hintere Tür und wies zuerst Andersen und dann Sara hinein. Er schien sich keine Sorgen zu machen, dass sie Andersen erneut angreifen würde. Warum war das so?

Thatcher setzte sich auf den Fahrersitz und schob ihn ganz nach hinten, sodass Sara keine Beinfreiheit mehr hatte. Dann drehte er sich auf seinem Sitz um und winkte Andersen zu sich. „Kommen Sie her."

Andersen rutschte nach vorne und neigte seinen Kopf zu Thatcher, als wollten sie miteinander flüstern. Thatcher drehte sich noch weiter und richtete sich auf seinem Sitz auf. Er legte seine linke Hand in Andersens Nacken und zog ihn zu sich, sodass Thatchers Mund an Andersens Ohr war.

Von Thatchers rechter Hand ging eine verschwommene

Bewegung aus. Sie fuhr über den Sitz und nach unten. Es gab ein metallisches Aufblitzen, dann einen Schwall Blut. Thatcher hatte ein Messer in der Hand – und er hatte Andersen die Leistenarterie aufgeschlitzt. Dann stieß er Andersen zurück auf seinen Sitz.

Andersens Hände flatterten, während er verzweifelt versuchte, die Blutung zu stoppen – aber sein Herz pumpte weiter. Das Blut strömte unaufhörlich.

„Du Schlange", sagte er zu Thatcher. „Ich kriege dich noch. Ich habe Bilder..."

„Ja", stimmte Thatcher zu. „Aber ich weiß, wo sie sind."

Sara war wie erstarrt. Es ergab keinen Sinn. Polizisten benutzten keine Messer. Wie würde das aussehen?

Dann – ganz plötzlich – wusste sie es. Das Messer war etwas, das eine Frau vielleicht versteckt hätte. Nur um es auf dem Rücksitz mit einem Mann zu benutzen.

Ihrer Erkenntnis folgten schnell zwei noch weitaus schlimmere Probleme.

21

Das erste Problem war, dass Thatchers linke Hand mit seiner Glock 22 über die Rückenlehne des Sitzes schnellte und er Sara in den Bauch schoss.

Glühend heißer, lodernder Schmerz! Viel, viel schlimmer, als in die Schulter geschossen zu werden. Oder ins Bein. Tränen schossen ihr aus den Augen und liefen ihr über das Gesicht. Immer wieder schnappte sie qualvoll nach Luft.

Immer wieder redete sie sich ein, dass sie das überleben könnte. Sie versuchte, es selbst zu glauben.

Der Schmerz sagte ihr, dass sie sterben würde. Dass sie, wenn es nicht schnell geschähe, sterben *wollen* würde – damit der Schmerz aufhörte.

Das zweite Problem – das auftauchte, während sie sich über ihren Bauch krümmte und vor Qual keuchte – war eine Stimme in ihrem Ohr. Es war Masons Stimme – flüsternd, aber eindringlich.

„Sara? Du bist nicht bei Thatcher. Ich habe seine Position woanders bestätigt bekommen."

Sara war fassungslos. Ihre Hände umklammerten ihren Bauch. Sie blutete, aber nicht so stark wie Andersen. Sie blickte zu Andersen hinüber. Er blutete nicht mehr. Er musste tot sein.

Ihre wichtigste Aufgabe war es jetzt, ihre menschliche Gestalt zu bewahren, obwohl ihr Körper sich verzweifelt verwandeln wollte. *Nicht jetzt, nicht jetzt, nicht jetzt,* sagte sie sich. *Warten.* Worauf, wusste sie nicht genau.

Nicht-Thatcher war vom Vordersitz aufgestanden und hatte die Tür neben ihr geöffnet. Er packte ihre rechte Hand und wischte sie an einer noch nicht blutigen Stelle ihrer Jeans ab. Einer Stelle, die bald blutig werden würde.

Nicht-Thatcher legte das Messer, das er bei Andersen benutzt hatte, in ihre rechte Hand und drückte ihre Finger darum. Dann zwang er diese Finger auf und ließ es fallen. Dann hob er das Messer auf und warf es auf den Parkplatz.

Sie keuchte und weinte und war verzweifelt – denn die Verwandlung zurückzuhalten, wurde zur schwierigsten Aufgabe, die sie je bewältigt hatte.

„Keine Sorge", sagte er zu ihr. „Sie werden es nicht mehr lange machen."

Dann zog er sich aus dem Auto zurück und ließ die Tür offen. Er holte sein Handy heraus und wählte, während er sich vom Wagen entfernte.

„Hier ist Captain Protich", hörte Sara ihn sagen. „Stellen Sie mich zu Chief Willis durch. Es ist ein Notfall."

Er ging zur Vorderseite des Wagens und lehnte sich mit dem Rücken dagegen.

Protich, dachte Sara. *Ja ... das rundere Gesicht.*

Jetzt, jetzt, jetzt!, sagte Sara zu sich. Es war verrückt, große Erleichterung zu spüren, als ihre Verwandlung begann. Sara hasste den Schmerz der Verwandlung so sehr, dass sie nicht verstehen konnte, warum sie sich das jemals antat. Sicher, es dauerte nur eine Minute. Aber das waren sechzig Sekunden einer sprichwörtlich – hier buchstäblich – knochenbrechenden Hölle.

Jetzt hieß sie ihn willkommen. Er war nicht wirklich schlimmer als der Schmerz des Bauchschusses. Und das Tolle – das absolut verdammt Fantastische – war, dass sie am Ende schmerzfrei sein würde.

Nach vollendeter Verwandlung stieg Sara schnell und leise aus der offenen Wagentür und bewegte sich um das Heck des Autos. Wolfspfoten waren totenstill.

Sie war eins mit der Nacht.

Sara schlug einen weiten Bogen, sodass sie aus der entgegengesetzten Richtung und aus etwa 25 bis 30 Fuß Entfernung auf das Auto zurückkam. Es sollte so aussehen, als käme sie aus einer Gasse, die hundert Meter entfernt war.

Sie begann mit dem Schwanz zu wedeln und entschuldigte sich gedanklich bei allen Wölfen der Welt. Sie trabte langsam auf Protich zu – den Mann, der Velena Davis in diese Falle geschickt hatte, damit sie sterben würde.

Sara hielt den Kopf gesenkt. Wolfsaugen leuchteten im Dunkeln und sie wusste, dass nur wenige Hunderassen die goldene Farbe von Wolfsaugen hatten. Sie wollte ihn nicht alarmieren und erneut angeschossen werden.

Bitte, Gott, einmal war für heute Abend genug!

Sie trabte aufrecht wie ein Golden Retriever, den Schwanz hoch erhoben und wedelnd. Protich blickte auf und sah sie. Dann schaute er wieder nach unten und sprach weiter in sein Handy.

Er bemerkte nicht, wie sie direkt auf ihn zutrabte und ihren Kopf an seinem Bein rieb. Sie war knapp einen Meter groß und wog um die 60 Kilo. Groß für einen Wolf, aber manche waren größer. Selten waren sogar einige Hunde größer.

Gedankenverloren fuhr Protichs Hand herunter und tätschelte ihren Kopf.

„Feiner Junge", sagte er zu ihr.

Er lehnte bereits am Wagen, also stellte sich Sara auf die Hinterbeine und drückte ihn mit den Pfoten zurück.

„Hey", sagte er und roch dabei leicht verärgert und zugleich leicht erfreut.

Er würde wahrscheinlich mit all dem durchkommen, wusste Sara. Angenommen, er wusste tatsächlich, wo Andersen irgendwelche Beweise für seine Verwicklung aufbewahrte, konnte er sie verschwinden lassen. Vielleicht, *vielleicht* gäbe es genug, um ihn aus dem Polizeidienst zu zwingen. Vielleicht.

Vielleicht würde alles an Andersen hängen bleiben. Schließlich war es seine Machenschaft gewesen. Aber wie lange hätte er ohne Protichs Schutz durchgehalten?

Das Wichtigste für Sara war: Protich hatte Velena in den Tod geschickt. Vielleicht hatte Andersen ihn darum gebeten. Vielleicht auch nicht. Aber Protich hatte es getan.

Er bekam dafür kein Geld – da war sich Mason sicher. Was war also sein Lohn? Er hatte Velena Davis das Leben geraubt, damit er weiterhin unter Drogen gesetzte, hilflose Frauen ficken konnte, die alles taten, was er wollte.

Sara wünschte, sie hätte mehr Zeit gehabt, Velena besser kennenzulernen. Vielleicht ein oder zwei Fälle als Privatdetektivin mit ihr zu teilen. Sie hatte sie gemocht.

Sara knurrte. Tief in ihrer Kehle, tief unten in ihren Lungen, ein grollendes Knurren, das immer lauter wurde. Laut genug, um es über das Telefon zu hören.

„Hey!", schrie Protich und stieß nach ihr, um sie wegzudrängen.

Stattdessen riss Sara ihr Maul auf. Sie ließ Protich einen guten Blick auf alle 42 ihrer riesigen, weißen Zähne werfen.

Sie wollte ihn unbedingt terrorisieren. Ihn für Velena bezahlen lassen. Doch zu ihrer Überraschung empfand sie keine Genugtuung dabei. Er widerte sie einfach nur an. Sie wollte, dass er verschwand.

Also beugte sie sich vor, schlug ihre Zähne um seinen Hals und biss fest zu. Sie spürte das Knacken seiner Wirbelsäule. Sie riss ein Stück aus seinem speckigen Halsfleisch.

Sara wusste, dass sie sich schnell zurückverwandeln musste – was bedeutete, dass sie Fleisch essen musste. Das einzig verfügbare Fleisch war dieses widerliche Stück Halsfleisch, das sie noch im Maul hatte. Sie verzog ihr Wolfsgesicht, so fest sie konnte, und flehte sich an, sich nicht zu übergeben. Dann zwang sie sich zu schlucken. Sie versuchte sich einzureden, dass es wie Hühnchen schmeckte.

Igitt! Igitt! Igitt!

Protich fiel rücklings auf die Motorhaube. Dann rutschte sein Körper auf den Beton. Irgendwie blieb er in sitzender Position, sein Kopf jedoch nicht. Nur noch von der Haut an der linken Halsseite gehalten, kippte er vornüber und hing kopfüber vor seiner linken Schulter.

Sara sah ihn einen Moment lang an. Es war ein eindrucksvolles Bild – sie würde sich nicht wundern, wenn irgendein Polizist ein Foto davon machen und es auf dem Revier herumreichen würde. Die Vorstellung, dass dieses Bild die Art und Weise sein würde, wie man sich an den Kerl erinnerte, fühlte sich endlich – endlich! – wie ein kleines bisschen Gerechtigkeit für Velena an.

Mit diesem Gedanken fiel Sara zu Boden und versuchte, vor Schmerz über die Rückverwandlung in einen Menschen zu schreien.

Aber man kann nicht schreien, wenn man sich verwandelt.

Egal, wie sehr man es auch will.

Als sie wieder ein Mensch war, durchsuchte Sara Protichs Taschen, holte ihre beiden Waffen hervor und rannte dann zum Heck des Wagens. Die Überreste ihrer Kleidung lagen dort, bedeckt mit Blut – ihrem und dem von Greg Andersen.

Sie war nackt.

Die Polizei war im Anmarsch.

Sara schaffte es, die Fetzen ihrer schleimigen, kalten, durchnässten Kleidung anzuziehen – sie schmierte sie mit dem teilweise geronnenen Blut an ihren Körper, sodass sie fast aussahen, als wären sie nicht in Stücke gerissen.

Sie rümpfte die Nase. Ihr wurde bei dem bloßen Gedanken, sich mit Andersens Blut zu bekleiden, übel. Von ihrem eigenen ganz zu schweigen. Es war so widerlich, dass sie die an ihrer Jacke befestigte Kamera vergaß. Dann begann ihre schleimige Jackentasche plötzlich zu summen. Mason. Ihre Hand fuhr zu ihrem rechten Ohr, aber natürlich war der Ohrhörer bei ihrer Verwandlung verloren gegangen.

Sie zog ihr Handy aus der Jackentasche und meldete sich mit: „Ich bin hier."

„Ja, das sehe ich."

Sara war zu müde für Scherze. „Ist nicht das erste Mal, dass du mich nackt siehst", sagte sie. „Status?" Sie schüttelte den Kopf, um ihn freizubekommen. „Überwachungskameras?"

„Keine Kameras, da, wo du bist. Was nicht einfach ist – Protich musste genau wissen, wo er parken musste. Überall sonst sind

Kameras. Eine hat deinen Wolf erwischt, wie er über den Parkplatz schlendert."

„Lass die laufen. Das gibt ihnen eine Erklärung, wie Protich gestorben ist. Aber ich muss jetzt zu meinem Truck und abhauen."

„Ich habe mich in das System gehackt, als du ins Hotel gegangen bist. Sag mir, wann ich es abschalten soll."

„Jetzt. Und lass es ‚defekt', damit sie nicht wissen, wann mein Truck vom Parkplatz gefahren ist."

„Erledigt."

Sara sprang auf die Ladefläche ihres Trucks und öffnete mit dem Zahlenschloss ihre Werkzeugkiste. Sie zog eine der Packungen mit 8x12-Malerplanen aus Plastik heraus, die sie „für alle Fälle" gekauft und aufbewahrt hatte. Gott sei Dank! Sie öffnete sie und breitete den Kunststoff über den gesamten Fahrersitz aus – damit die Polster nicht mit einer dicken Blutschicht überzogen wurden.

Dann machte sie sich aus der Innenstadt von Tulsa aus dem Staub. Mason berichtete, dass er den Ohrhörer, den sie benutzt hatte, unbrauchbar gemacht hatte – für den Fall, dass er gefunden würde. Und er löschte die E-Mail-Adressen, die Mike und Nia kannten. Die eine Telefonnummer, die sie von ihr hatten, ließ er bestehen.

Wieder zu Hause verbrannte Sara die Kleidung in ihrem Kamin und wusch das Blut von sich und von der Ladefläche ihres Trucks ab.

Sie benutzte einen Sauerstoffreiniger, damit die Spurensicherung keine Blutspuren finden konnte – ihre Geräte würden sie nicht erkennen.

Sie vergewisserte sich, dass ihre gepackte Tasche für sich und Skidi in ihrem anderen Fahrzeug war – einem Ford 350 Kastenwagen. Und dass alle Alarmanlagen ihres Hauses scharf geschaltet waren.

Dann war sie für sieben Stunden weggetreten.

22

Am nächsten Morgen machten zwei Geschichten in den Nachrichten die Runde. Die eine war die „Schießerei in der Victory Street 10", bei der die Polizei drei Männer erschossen hatte, die junge Frauen gefangen hielten und unter Drogen setzten.

Die andere war der Tod des Detectives Captain Foster Protich aus Tulsa – durch einen grauenhaften Hundeangriff. Obwohl die Überwachungskameras den Angriff nicht aufzeichnen konnten, wurde den lokalen Sendern körniges Videomaterial von einem riesigen Hund zugespielt, der kurz vor dem Angriff auf dem Parkplatz umherstreifte. Die Anwohner wurden dringend gebeten, große, streunende Hunde zu meiden.

Na super, dachte Sara, als sie sich das Video ansah. *Ich bin ein Videostar.*

Die Nachrichten am nächsten Morgen brachten Details über Frauen von der Straße, die mit dem Angebot gelockt wurden, in Werbevideos mitzuspielen – und dann unter Drogen gesetzt, eingesperrt und zu Pornos gezwungen wurden. Die Ermittler fanden Videos von 23 Frauen, die sie in der Victory Street 10 sichergestellt hatten. Die Detectives versuchten nun – bisher erfolglos –, jede von ihnen zu identifizieren. Hundestaffeln suchten den Hinterhof nach

Gräbern ab, da nur zwei Frauen lebend im Haus gefunden worden waren.

Am Nachmittag sah das ganze Land im Fernsehen zu, wie die Leichen von Frauen aus dem Hinterhof geborgen wurden. Einundzwanzig von ihnen. Jeden Tag folgten weitere Nachrichten, sobald eine weitere Frau unter den Leichen identifiziert wurde. Es waren Ausreißerinnen und Frauen, die auf der Straße lebten. Frauen, die auf das Angebot von Geld für eine Rolle in einem „Film" hereinfielen. Frauen, für die die Tür nach drinnen dann sowohl buchstäblich als auch durch Drogen verschlossen war. Frauen, die nur so lange lebten, wie sie auf Film unterhaltsam genug waren.

Was die Geschichte im landesweiten Fernsehen am Leben hielt, waren die Enthüllungen über den Tunnel, der die Victory Street 10 mit dem Haus des ermordeten Greg Andersen verband.

Der Schock für Sara war der Fund der Polizei von 2,6 Millionen Dollar, verteilt auf drei karibische Konten, die von Greg Andersen kontrolliert wurden.

„Wie konntest du diese Konten übersehen?", fragte Sara Mason.

„Er war übernatürlich schlau", antwortete Mason mit einer so gereizten Stimme, wie Sara sie noch nie von ihm gehört hatte. „Er hat die Konten vor über zehn Jahren persönlich unter einem anderen Namen eingerichtet. Sie lagen einfach da und haben auf ihn gewartet. Vor vier Jahren fing das Geld an, auf sie zu fließen. Aber er ist nie wieder hingegangen oder hat dort angerufen. Er hat seinen Kontostand, soweit sie herausgefunden haben, nur einmal im Jahr überprüft – und das auch nur von einem Bibliothekscomputer in Texas aus.

„Die einzige Möglichkeit, wie es aufgedeckt wurde, war durch einen Führerschein auf diesen Namen – versteckt in Andersens Schließfach. Was zum Teufel für ein Mann richtet sechs Jahre, bevor er es braucht, ein geheimes Bankkonto unter einem falschen Namen ein?"

Sara dachte darüber nach. „Ein Mann, dessen Mutter gerade gestorben war und ihm ein abgelegenes Haus hinterlassen hatte. Er wusste schon damals, was er wollte. Er hat nur eine Weile gebraucht, um es umzusetzen."

„Das Geld war ihm egal", sagte Mason. „Er hat nichts davon ausgegeben. Hätte er das getan, hätte ich es gefunden. Es war nur sein Fluchtgeld für den Fall, dass er entdeckt würde."

Sara schüttelte den Kopf. „Ich verstehe Männer wie ihn und Protich einfach nicht. Oder vielleicht will ich es auch nicht. Ich meine ... Geldgier kann ich verstehen. Ich kann sogar verstehen, wenn jemand andere böse Jungs umbringt, um ihr Geld zu stehlen. Es ist falsch, aber es ist, als ob zwei Kakerlaken sich gegenseitig umbringen – wen kümmert das schon wirklich? Aber besessen davon zu sein, Menschen zu missbrauchen und zu verletzen? Zum Spaß?"

Am anderen Ende der Leitung herrschte langes Schweigen. Dann sagte Mason: „Ich sehe, dass Mike Walsh in den Zeitungen erwähnt wird. Hat er dich komplett da rausgelassen?"

„Soweit die Polizei zu wissen scheint, war ich nicht da. Aber ich weiß, dass ich von ihm hören werde. Das Letzte, was ich ihm gesagt habe, war, dass ich hinter Andersen her bin. Das wird er nicht auf sich beruhen lassen."

„Ich nehme an, das schließt aus, dass du mit ihm ausgehst?"

Sara lachte. „Ich kann von Glück reden, wenn er mir nicht ein paar Ermittler auf den Hals hetzt."

23

Einen Monat nach jener Nacht kam der Anruf, den Sara erwartet hatte. Mike und Nia wollten sich mit ihr am Lupiti Lake treffen. Die beiden kamen in einem Auto. Wieder stiegen die drei aus ihren Wagen, drehten dem See den Rücken zu und drängten sich zusammen – genau wie vor über einem Monat.

Sara sah sofort eine Veränderung in der Art, wie Nia und Mike sich ansahen. Wie sie einander berührten. Sie waren entweder ein Paar oder kurz davor, eines zu werden.

Sara bedauerte eine verpasste Gelegenheit mit Mike. Aber ... sie gestand sich ein, dass sie auch erleichtert war. Das bedeutete nicht, dass sie ein Problem mit Beziehungen hatte. Mason mochte das vielleicht denken, aber das hieß nicht, dass es wahr war. Oder?

Sara lächelte die beiden an. Sie würden ein tolles Paar abgeben.

„Zuerst", sagte Nia. Tränen stiegen ihr in die Augen, „muss ich sagen – ich *will* sagen – danke. Zuerst für Mama. Und dann für diese 23 Frauen. Und für die, die nach ihnen gekommen wären."

Mike nickte. „Es wäre so einfach gewesen, das Ganze abzutun. Es schien so unbedeutend."

Komplimente waren Sara unangenehm. Sie schüttelte den Kopf und winkte ab. „Ich lerne gerade erst, dass ich meinem Bauchgefühl mehr vertrauen muss als meinem Verstand."

Sie wandte sich an Nia. „Wie geht es den beiden Frauen?"

„Sie haben Probleme. Zuerst ihre Sucht, dann das, was man ihnen angetan hat. Aber sie haben eine große Unterstützerin. Jemand hat anonym eine der führenden Psychiaterinnen der Stadt bezahlt, damit sie mit beiden arbeitet."

Sara nickte.

Nia runzelte die Stirn. „Du wüsstest nicht zufällig etwas darüber, oder?"

„Anonym klingt für mich nach anonym."

Sara wandte sich an Mike. „Also, wann verlässt du die Abteilung?"

„Tatsächlich ... dachte ich, ich bleibe noch ein bisschen. Ich gebe der Sache noch eine richtige Chance." Er sah Sara an. „Aber das hast du dir schon gedacht, oder?"

„Du hast hier wirklich etwas bewirkt", sagte sie zu ihm. „Ich dachte mir, dass du das vielleicht als Grund sehen könntest, dich mit der Bürokratie herumzuschlagen."

„Also ...", sagte Nia und zog das Wort in die Länge. „Du bist Andersen nachgegangen. Was ist passiert?" Ihr Gesichtsausdruck war begierig. Mikes Miene war zurückhaltender.

Egal, wie sehr sich Sara im letzten Monat auch bemüht hatte, ihr war keine Geschichte eingefallen, die keine Lücken hatte. Sie wählte ihre beste Kombination aus Wahrheit und Lüge und drückte die Daumen.

Sie erzählte ihnen, wie sie Andersens Tür eingetreten hatte. Dass er bereits Protich angerufen hatte. Sie erzählte ihnen, wie Protich sie beide – ungefesselt – auf den Rücksitz seines Wagens gesetzt hatte. Sie erzählte ihnen, wie zuversichtlich Andersen gewirkt hatte, dass seine Probleme vorbei wären, sobald Protich auftauchte.

Sie beschrieb das Messer, das Protich bei Andersen benutzt hatte, und ihren Schock. Darauf bedacht, keine Anzeichen einer Lüge zu zeigen, sagte sie, als sie das Messer zustechen sah, sei sie aus dem offenen Autofenster neben sich gesprungen, zu ihrem Truck gerannt und habe sich aus dem Staub gemacht.

Auf dem Rücksitz von Protichs Auto hatte es keine Türgriffe gegeben, also war der Sprung aus dem Fenster ihre einzige Option.

Protich hätte die Hintertür niemals offen gelassen, als er vorne einstieg.

Mike sah sie skeptisch an. „Du bist weggelaufen? Du, die du kurz davor warst, vor dem Mörder, der Nia festhielt, deine Waffen fallen zu lassen?"

Sara verzog das Gesicht. „Ich kann mutig sein, wenn es Menschen zu retten gibt – jemanden, dem man helfen kann. Aber in diesem Auto war niemand, den zu retten es sich lohnte. Niemand, für den es sich gelohnt hätte, meinen Kopf zu riskieren."

Nia sah Mike an.

„Das Fenster auf dem Rücksitz war also offen?", fragte er.

„Ja, zu meinem Glück."

„Ich frage mich, warum es geschlossen war, als die Beamten ankamen."

„Ich habe keine Ahnung, was er getan hat, nachdem ich weg war. Vielleicht hat er es geschlossen, damit er nicht dafür kritisiert wird, dass er es offengelassen hat?"

Mike setzte an, etwas zu sagen, aber Sara hob die Hand, um das Thema zu wechseln. „Nein, ich habe da auch keinen Hund gesehen."

„Aber du hast doch einen Hund?"

„Natürlich habe ich einen Hund. Jeder sollte einen Hund haben. Aber meine Hündin ist nicht annähernd so groß wie das Ding, das ich im Fernsehen gesehen habe."

Sie legte ihre Hand auf Mikes Schulter.

„Mike, lass mich dein Gewissen erleichtern. Ich habe Protich nicht getötet. Und ich hatte keinen Hund – wohlgemerkt einen ausgebildeten Killerhund –, der nur wartete, während wir erst in Andersens Haus einbrachen und ich später in seine Hotelsuite."

Mike sah sie an. „Ich weiß", sagte er. „Aber dass dieser Hund zu diesem Zeitpunkt dort war, war ein riesiger Zufall."

Sara sah ihn an. „Weißt du, was ich dachte, als ich diesen Hund im Fernsehen sah und hörte, was er getan hat? Ich dachte – der Teufel ist gekommen. Er wollte sich holen, was ihm gehört."

Danach verabschiedete sich Sara von dem Paar und ging.

Mike musste wissen, dass es keine logische Möglichkeit gab, dass

Sara einfach einen Killerhund in Lauerstellung gehabt haben könnte.

Aber Sara wusste, dass er ein zu guter Polizist war, um an einen Höllenhund zu glauben, der sich zufällig in der Innenstadt von Tulsa aufhielt, genau in dem Moment, in dem Sara und Protich zusammen waren – und Protich getötet wurde.

Sara nahm sich vor, in Zukunft von seinem Radar zu verschwinden. Soweit es ihr möglich war – da sie in der Stadt lebte und arbeitete. Was sich vielleicht ändern musste.

Sara liebte Tulsa. Aber es gab hier bereits einen FBI-Agenten, der nach ihr suchte. Jetzt hatte sie einen misstrauischen Kriminalkommissar – der ihre Identität kannte. Sie musste andere Standorte in Betracht ziehen.

Eher früher als später.

Aber zwei Frauen waren heute Nacht in Sicherheit. Und auch zukünftige andere, die sie zerstört hätten. Sie feierte ihre Siege, wo sie nur konnte – auch wenn sie sich schuldig fühlte, dass einundzwanzig Frauen gestorben waren, bevor sie diesen Sumpf aufgedeckt hatte.

ENDE

EIN HINWEIS DER AUTORIN

Anmerkung der Autorin zu „Der Gestank der Angst"

Nur für den Fall, dass ihr denkt, ich hätte mir diese lächerliche Liste mit „Indikatoren dafür, dass jemand lügt" – ausgehändigt vom Ausbilder für Privatdetektive – ausgedacht: Das stimmt leider nicht.

Einer der wirklich tollen Aspekte am Schreiben ist, dass ich alles recherchieren darf, was in meine Geschichten passen könnte.

Ich dachte, es wäre klug (und lustig!), wenn Sara eine Lizenz als Privatdetektivin machen würde, also habe ich zwei Onlinekurse für Privatdetektive belegt.

Ich hätte noch mehr belegt – und werde das vielleicht auch noch tun – aber...

Die zum Augenrollen bringenden Punkte auf dieser Liste stammten direkt aus einem echten (Online-)Kurs für echte Privatdetektive.

Ja, wirklich.

ÜBER DIE AUTORIN

Wolltest du jemals mehr sein als du selbst? Ich schon. Als Kind habe ich mir vorgestellt, mit einer Bande anderer Kinder oben in den Wolken zu leben. Wir stürzten herab – denn wir konnten ja fliegen! – und retteten Menschen in Not. Und wir hätten ihre Peiniger windelweich geprügelt.

Als ich älter wurde, war ich wie besessen von Verbrechen und Kriminalfällen. Ich wollte wissen, wie man Übeltäter aufspüren und vor der ganzen Welt bloßstellen konnte.

An dem Tag, als ich meinen Bürojob kündigte, wurden meine Träume wahr. Heute verbringe ich meine Tage damit, meine Figur, Sara Flores, auf ein kriminelles Genie nach dem anderen zu hetzen – nur um zu sehen, was sie draufhat.

Und... ich habe ein wenig geschummelt. Ich habe sie mehr sein lassen als sie selbst, indem ich sie zu einer Werwölfin gemacht habe – dem einzigen magischen Wesen in einer Welt, die ansonsten genau wie unsere ist. Denn ich wollte sehen, was sie mit den Sinnen und der Stärke eines Wolfes anstellen konnte. Und mit dieser Wildheit.

Begleite mich also bei Geschichten über rücksichtslose Kriminelle, misstrauische Polizisten und Saras kleine Bande von Außenseitern, die ständig darum kämpfen, uns alle zu retten.

WEITERE WERKE VON SUE DENVER

REIHE: Sara Flores, Werwolf-Privatdetektivin

BUCH 1: Wird ihr erster Fall auch ihr letzter sein? Die frischgebackene Privatdetektivin Sara Flores steckt bis über ihre Werwolfschnauze in Auftragsmördern und Sprengstoff, während sie versucht, das Leben ihrer ersten Klientin zu retten. [Novelle, 146 Seiten]

*BUCH 2: **Wenn ein Milliardär dich tot sehen will ... wie überlebst du?** Privatdetektivin Sara Flores wurde angeheuert, um eine Frau zu finden, die vor 192 Tagen ihren Job in einem Casino in Tulsa aufgegeben hat – und seitdem nicht mehr gesehen wurde. Die Polizei sagt, Alaska Brown sei freiwillig gegangen. Das FBI ermittelt nicht. Und nun versucht jemand Tödliches, Sara und ihr Team auszuschalten. Jemand mit unbegrenzten Mitteln. Hat sie das Recht, das Leben aller zu riskieren? Aber ... wie könnte sie anders? Können Sara und ihr dreiköpfiges Team aus Außenseitern es wirklich mit einem Milliardär aufnehmen – oder ist dies der Fall, der sie alle das Leben kosten wird? [268 S.]*

BUCH 3 DER SARA FLORES, WERWOLF-PRIVATDETEKTIVIN

MORD IN YELLOWSTONE

SUE DENVER

BUCH 3: Mord, Erpressung und eine Werwölfin, die im Yellowstone-Park frei herumläuft. Eine junge Frau ist verschwunden. Sie suchte nach Beweisen dafür, dass ihr Vater vor 11 Jahren ermordet wurde ... dass er nicht in einem Schneesturm in Wyoming ums Leben kam, weil er zu zugedröhnt und zu dumm war, um Schutz zu finden. Sara jagt von Big Sky über das Crow-Reservat bis zum Yellowstone-Park und versucht, das Mädchen zu finden, bevor es das gleiche Schicksal wie ihren Vater ereilt. Aber der Mann hinter ihrer Entführung muss eine milliardenschwere Geldmaschine schützen. In 20 Jahren hat es niemand gewagt, sich ihm in den Weg zu stellen – zumindest ist niemand am Leben, der davon erzählen könnte. Weder der tote Vater des Mädchens. Noch der Kongress. Verdammt, nicht einmal die letzten drei US-Präsidenten. Was kann Sara tun? [242 S.]

BUCH 4: Sie haben ihren Partner entführt – ihn direkt auf den Straßen von Anchorage geschnappt. Dieser Fall ist anders. Jemand hat Mason Spencer entführt – ihren Partner, ihren hauseigenen Hacker und die Person, die Sara am ehesten als Familie bezeichnen würde. Mason ist der eine Mensch, den Sara auf keinen Fall verlieren darf. Mit seinen Computerkenntnissen fanden sie vermisste Personen. Sie aufzuspüren war sein Job, nicht ihrer. Sie kam erst später ins Spiel – ein Ein-Personen-Rettungskomitee mit einer großen Überraschung für jeden Bösewicht, der versuchte, sie aufzuhalten. Als ihre Spuren zu Leichen führen, befürchtet Sara, sie müsse den ganzen verdammten Staat Alaska auf den Kopf stellen, um Mason zu finden. Aber wird er dann noch am Leben sein? [232 S.]

REIHE: Sara Flores, die frühen Jahre

BUCH 1: *Verlassen. Niemand, der ihr zeigt, wo es langgeht. Wie wird sie ihre neuen Kräfte einsetzen?* Saras erste acht Abenteuer – von der Zeit, bevor sie zum Werwolf wurde, bis zu ihrem ersten Jahr. Erlebe, wie sie sich in eine Rächerin der Machtlosen und in den schlimmsten Albtraum der Übeltäter verwandelt. Sieben Kurzgeschichten und eine Novelle. [204 Seiten]

BUCH 2: *Rache ist süß!* Enthält drei Novellen: **VERRAT IN OKLAHOMA** *(Sara wird diesen kleinen Jungen retten, selbst wenn sie dafür der Hälfte der Kriminellen im Bundesstaat die Köpfe abbeißen muss. Wortwörtlich.),* **DER GESTANK DER ANGST** *(Sara ist hinter einem Mann her, der mit der Polizei zusammenarbeitet. Sie kann nicht aufhören, denn sie töten Frauen)* und **AMATEUR-ATTENTÄTER** *(Sara steht vor dem ethischen Dilemma ihres Lebens. Sollte ein Mann für das sterben, was er tun wird?)* [210 Seiten]